27.95

PORTE D'ENTRÉE

Le Livre inachevé de l'Orgueil des Rats

DU MÊME AUTEUR

Panique à Longueuil..., Leméac, 1980.

Adieu, docteur Münch, Leméac, 1982.

26 bis, impasse du Colonel-Foisy, Leméac, 1982.

Ne blâmez jamais les Bédouins, Leméac, 1984.

Combien dites-vous, courte pièce parue dans le recueil commémorant les 20 ans du CEAD, VLB Éditeur, 1986.

Being at home with Claude, Leméac, 1986.

Le printemps, monsieur Deslauriers, Guérin littérature, coll. «Tragédie et Quête», 1987.

Le troisième fils du professeur Yourolov, Leméac, 1990.

... Et Laura ne répondait rien, Leméac, 1991.

Julie, Boréal, 1996.

Entretiens, janvier-avril 2005, Leméac, 2006.

Bob, Leméac, 2008.

Morceaux, juillet 2005-janvier 2006, Leméac, 2009.

De quoi le territoire du Québec a-t-il besoin ?, en codirection avec Marie-France Bazzo, Camil Bouchard et Vincent Marissal, Leméac, 2013.

RENÉ-DANIEL DUBOIS

PORTE D'ENTRÉE

Le Livre inachevé de l'Orgueil des Rats

roman

LEMÉAC

L'auteur tient à remercier pour son soutien répété le Conseil des arts du Canada, programme de subventions aux écrivains professionnels – Création littéraire.

Couverture : Gianni Caccia
Photo : © Israel Hervas Bengochea / Shutterstock.com

Leméac Éditeur reconnaît l'aide financière du gouvernement du Canada par l'entremise du Fonds du livre du Canada pour ses activités d'édition et remercie le Conseil des arts du Canada, la Société de développement des entreprises culturelles du Québec (SODEC) et le Programme de crédit d'impôt pour l'édition de livres du Québec (Gestion SODEC) du soutien accordé à son programme de publication.

ISBN 978-2-7609-3369-9

© Copyright Ottawa 2013 par Leméac Éditeur
4609, rue D'Iberville, 1er étage, Montréal (Québec) H2H 2L9
Dépôt légal – Bibliothèque et Archives nationales du Québec, 2013

Imprimé au Canada

À Michel Turcotte
À Marc Hyland

À la mémoire de John Goodwin
À la mémoire d'Yves Dubé

Dans le cours des temps, ce que le prophète a vu dans les éléments se répète de façon kaléidoscopique. Son regard ne se pose pas sur l'histoire mais sur la substance, non point sur l'avenir mais sur la loi. C'est pourquoi la simple connaissance des dates futures et de futures conjonctions passe avec juste raison pour un signe d'intelligence malsaine ou de basse magie.

Ernst Jünger[1]

Oui. Oui, bien entendu, il y a l'orgueil. L'orgueil des rats. L'aveuglement. La soif de mort. Et de gloire. Oui. Mais il y a aussi… la beauté de la vie.

Ex[2]

Le Livre inachevé de l'Orgueil des Rats

Le *Livre des Déserts*
Le *Livre des Rats*
Le *Livre des Voyages*
Le *Livre de Münch*
Le *Livre des Oubliés*
Le *Livre des Récits*
Le *Livre du Gars*, etc.

1 *Premier journal parisien. Journal II : 1941-1943*, trad. de l'allemand, Livre de Poche, coll. «Biblio», n° 3041, 1984, p. 228.
2 Le 10 juin 20…, Cornouailles, Grande-Bretagne.

PORTE D'ENTRÉE

LE LIVRE DU GARS

LE LIVRE DES AMANTS

LE LIVRE DU GARS

CHAPITRE XXI
Où commence une histoire

Il était une fois.

Peu importe où dans le monde.

Deux gars.

Deux super beaux gars.
Jeunes.
Intelligents.
Allumés.
En pleine forme.

Deux jeunes gars.
De qui émanait une promesse de vie.
Comme du soleil sur la peau.
Émane une promesse d'été.

Comme ton ombre noire.
Couchée dans une rue couleur de perle.
Promet que.
Derrière toi.
La Lune est levée.

Deux jeunes gars.
Assis face à face.
Dans un tout petit café.
D'un centre-ville.

L'un des deux parlait.
Tout bas.

L'autre écoutait.
Buvait une à une.
Les syllabes.
Sortant de la bouche du premier.

Et leurs mains.
À tous les deux.
Et leurs vingt doigts.
Étaient tout emmêlés.
Posés sur la table qui s'étendait entre eux.

Ils avaient été amants, autrefois.

Mais.
Souffle coupé de douleur.
Ils avaient été bien obligés de prendre acte de ce que.
Lorsqu'ils étaient ensemble.
Mais que leurs doigts.
Leurs mains.
Et leurs bouches.
S'abandonnaient à tout ce dont.
Ils et elles avaient vraiment envie.
Quand ils ne se forçaient pas.
Tous les deux.
À parler tout bas.
Quand ils ne se contentaient pas.
Tous les deux.
De s'étreindre les mains.
À pleine force.
C'était trop.

Leur amour.
Lorsqu'ils le laissaient se déchaîner.

Était d'une telle ardeur.
D'une telle faim.
D'une telle puissance.
Qu'il se transformait.
En un tigre féroce.

Un tigre déchaîné qui menaçait de déchirer.
De ravager.
Leurs existences entières.

Jusqu'à leurs cœurs.

Alors.
Incapables de se résoudre.
Chacun.
À renoncer.
À la vue de l'autre.
Au contact de l'autre.
Au regard de l'autre.
Aux silences de l'autre.
Ils l'avaient transformé.
Leur grand amour.
Ils l'avaient transformé.
En.
En autre chose.

En une très grave.
Et fort tumultueuse amitié.

Une amitié aussi profonde.
Et aussi solide.
Que leurs embrassements avaient été furieux.

Une amitié aussi éclairante.
Que leurs caresses avaient été dévorantes.

Assis dans un petit café.
Deux garçons.
Pour chacun desquels.
L'autre était.
À lui tout seul.
Aussi important que la Terre entière.
Se perdaient dans les yeux de l'autre.
Leurs mains entrelacées sur la table.

L'un murmurait.
Et l'autre était suspendu au souffle.
Qui passait doucement.
Entre ces lèvres.
Dont il se rappelait le goût.
Et la douceur.
Comme une fleur se souvient.
Je l'espère.
De la fraîche ondée qui.
Hier.
Après des jours et des jours.
Torrides.
Lui a sauvé la vie.
Et rendu la joie.

Celui qui parlait.
Était le dernier descendant d'une famille très ancienne.
Connue depuis nombre de siècles.
Dans toutes les contrées de cette partie-là du monde.
Pour en avoir été l'une des plus grandes.
À s'être jamais autant consacrée.
Au savoir.
À la beauté.
Et à la connaissance.

Mais lui.
Ce grand garçon.
Aux épaules fortes.
Qui parlait doucement.
Au grand amour de sa vie.
Savait bien que cette image.
Que l'on entretenait de sa famille.
Était un mensonge.

Cette famille qui était la sienne.
Dont il était issu.
À laquelle il appartenait.
Mais qu'il ne s'était pas davantage choisie.
Que tu n'as choisi la tienne.
Non, ce n'étaient ni beauté.
Ni savoir.
Ni curiosité.
Qui, long fil rouge.
Se déroulant d'une époque à l'autre.
Couraient à travers son histoire.

Non, le lien véritable.
Qui reliait entre elles les générations.
De sa famille.
Aussi loin que l'on puisse remonter.
Le cours de la mémoire.
C'était la soif de pouvoir.

La passion de l'affrontement.
Le culte de la mort.

L'autre garçon, lui.
Celui qui était tout oreilles.
Ne savait presque rien de ses propres origines lointaines.

Tout ce qu'il connaissait de l'histoire de sa famille.
C'était que son grand-père était arrivé ici.
Dans ce pays où se trouvait le petit café.
Que son grand-père était arrivé ici.
Venu d'une contrée immense.
Et immensément glaciale.
À tous égards.
Ou bien peu s'en faut.

Que son grand-père était venu ici.
Bien décidé à ne se souvenir de rien.
De ce qui concernait le pays de sa naissance.
Bien décidé à ne jamais confier à ses descendants.
Le moindre souvenir qu'il aurait pu ramener.
De là-bas.

Comme il se doit.
Cette décision du patriarche.
Avait eu pour conséquence première.
De faire naître.
Puis de nourrir chaque jour un peu plus.
Dans le cœur de son propre fils.
Une soif de mémoire impossible à assouvir.
Le goût d'une quête incessante.
Pour les passés lointains.

Ce fils, à son tour.
Avait repassé au sien.
Qui allait un jour devenir.
Le garçon qui écoutait.
Cette soif et ce goût.

C'est comme ça que.
Dans un petit café d'un centre-ville.

Un grand garçon aux épaules fortes.
Racontait à voix douce.
À un grand garçon aux yeux tristes.
Une histoire parlant d'aujourd'hui.
En parlant des temps anciens.
Parlant des racines que les choses d'aujourd'hui.
Plongent dans le terreau des choses anciennes.

Et que le grand garçon aux yeux tristes.
L'écoutait avec tout le recueillement.
Avec toute l'extase.
Et toute la terreur.
Dont aurait été capable.
Un enfant du désert.
À qui un grand inconnu.
Fascinant.
Aurait.
À voix douce.
Raconté.
La mer.

Le grand garçon.
Aux épaules fortes.
Murmurait déjà.
Depuis quelques heures.
À l'intention de son vis-à-vis.

Et il lui fallait une force de caractère hors du commun.
Pour parvenir à retenir ses mains.
De remonter jusqu'aux poignets.
Du garçon aux yeux tristes.
Puis le long de ses avant-bras.
Puis tout du long de ses épaules.
Puis de chaque côté de son cou.

Il parlait depuis des heures.
Et il lui fallait à chaque instant.
Puiser au fond de lui-même une force herculéenne.
Pour parvenir à empêcher.
Ses paumes et ses doigts.
De parcourir le long périple doux.
Qui les aurait menés.
À caresser cette nuque.
Et cette gorge.
Puis à doucement, tout doucement.
Plus lentement encore qu'une trotteuse.
Faisant sa ronde sur le cadran de la montre.
Rapprocher du sien le visage aimé.
Et s'y reperdre enfin.

Mais il n'en avait pas le droit.

Il n'en avait pas le droit.
Quand bien même il savait.
Lui.
Ce que le garçon aux yeux tristes ignorait encore.

Que les heures qu'ils vivaient là.
Tous les deux.
Mais je ne cesserai jamais.
Jamais.
Mon bel amour.
Jamais.
De te chérir autant que j'aurai.
Chéri la vie.

Il savait que ces heures-là.
Étaient les dernières.
Qu'ils passeraient jamais ensemble.

Il savait que lui.
Tout garçon aux larges et fortes épaules.

Qu'il fût.
Ne verrait plus jamais le soleil se lever.
Ni sur le beau visage de son ami.

Ni où que ce soit d'autre.

S'il n'avait certes pas le droit.
De laisser libre cours à son désir.
C'était donc que de s'abandonner à lui.
Aurait à coup sûr.
Conduit.
Tout droit.
À de grandes souffrances.
Pour tous les deux.
Et qu'il ne voulait pas.
Que ce garçon aux yeux tristes.
Ait à souffrir.

Pour rien au monde.

Il voulait le faire hurler.
Oh combien.
Mais c'était de plaisir.
Qu'il voulait l'entendre.
Crier.
Et rire.
Et se tordre.
Et geindre.

Or à ce bonheur.
Le garçon aux larges épaules.
Ne pouvait avoir accès.
Qu'en faisant.
Du même geste.

Se rouvrir.
Chez l'être qu'il aimait.
De terribles blessures.

Mais il ne le pouvait pas non plus.
S'abandonner à son désir.
Parce qu'il avait pleinement conscience.
Lui.
De ce qui était tout juste.
Sur le point de se produire.
Tout autour d'eux.

De ce qui était tout juste.
Sur le point.
De les emporter.
Comme on dit de l'océan déchaîné.
Qu'il emporte les débris.

De ce qui était tout juste sur le point.
De les emporter.
Eux.
Et avec eux.
Le monde.
Auquel ils appartenaient.

Quelque prodigieux désir.
Qu'il en conçût.
Son amour.
Aux yeux tristes.
Il ne convenait donc pas.
En cette heure.
De le bercer de caresses.
N'importait.
Que de le mettre en garde.

N'importait.
Que de lui remettre.

Au moment du départ.
Le seul gage.
De tendresse.
Qu'il fût en son tendre pouvoir.
De remettre.
À un.
Et un seul.
Être de son choix.

C'est ainsi que.
Durant quelques heures.
Quelque part dans le monde.
Peu importe où exactement.
Mais dans un tout petit café, en tout cas.
Un garçon aux fortes épaules.
Évoqua à l'intention de son compagnon.
De vie.
Et de rêve.
Qui buvait ses mots.
Comme le sable chaud.
Boit la rosée.
C'est ainsi qu'un garçon aux fortes épaules.
Raconta à un garçon aux yeux tristes.
Mille et une anecdotes.
À propos de ce qu'était vraiment.
La famille dont il était issu.
Et dont.
Tout dernier descendant.
Il représentait.
La fin du parcours.

Il raconta.
Sa famille.
Et sa soif de puissance.

Et sa délectation du pouvoir.
Et sa faim de retenir.
Toutes choses.
Et tous êtres.
Sous son contrôle.

Et c'est ainsi.
Que le garçon aux yeux tristes se retrouvait ravi.
Ravi et atterré.
D'apprendre toute cette histoire.
Cette histoire dont son amour ne lui avait jamais auparavant.
Soufflé le moindre mot.

Et c'est ainsi.
Qu'il commençait.
Tout doucement.
À comprendre mieux.
Ce grand ami.
Ce bel ami.
Assis devant lui.

Ce bel ami.
Et la terrible brûlure.
Et le terrible combat.
Qui étaient sa vie.

Il ne savait pas encore.
Ce garçon aux yeux tristes.
Que le long récit qu'il entendait là.
N'était en réalité.
Qu'un simple préambule.

Le grand garçon aux fortes épaules.
Mettait simplement les choses en place.
À son intention.

Puisque.

Puisque le coup d'envoi n'avait.
Pas encore été donné.
À son véritable récit.

Il fut donné.
Le coup d'envoi.

Il fut donné presque aussitôt.
Que le soleil se fut couché.
Sur la ville.
Dont tu ne connais pas le nom.

Il fut donné quand la ville fut enfin.
Plongée dans la pénombre.

Il fut donné.
Sous la forme d'une énorme explosion.
Qui retentit soudain.

Toute la ville.
Autour des deux garçons.
En fut ébranlée.

Et jusqu'aux grandes fenêtres.
Du petit café.
Où ils étaient assis.
Tous les deux.
Depuis des heures.
Qui se mirent à vibrer.
Comme jamais elles n'avaient vibré.
Et qui passèrent même bien près.
D'éclater.

La grande explosion fracassante.
Fut bientôt suivie d'une autre.
Et d'encore une.
Et d'une autre encore.

Durant de longues minutes.
Tout l'air de la ville.
Si tranquille.
Jusqu'à il y avait un instant encore.
Ne fut plus rempli.
Que de coups de tonnerre.
À la chaîne.

Certains éclatèrent tout près.
D'autres dans le lointain.
Sur tous les points de l'horizon.

Certains tellement près.
Que la table.
Sous les mains.
Des deux jeunes hommes.
En vibra.

D'autres résonnaient si faiblement.
Qu'ils auraient fort bien pu n'être.
Que la réponse mourante d'un écho à bout de force.

Les clients du café qui étaient assis.
Autour des deux garçons.
Se levèrent.
Saisis de panique.
Et fuirent.

Même le serveur.
Du petit café.
Prit ses jambes à son cou.

Tant et si bien.
Que lorsque.
L'électricité mourut.

Il ne resta plus.
Dans la noirceur.
Qui baignait le café.

Que le garçon aux larges épaules.
Et son compagnon aux yeux tristes.

Dans la nuit soudaine.
Dans le fracas des explosions.
Qui se poursuivaient.
Tout à côté.
Et tout au lointain.
Le garçon qui parlait referma.
Comme deux étaux ses mains.
Sur celles du garçon aux yeux tristes.
Pour l'empêcher de se lever.
Et de fuir.
Lui aussi.
Le déchaînement d'enfer.
Qui venait de commencer à s'emparer de leur monde.

Et puis il dit.
Chuuuut.
Ne bouge pas.
Reste calme.
Tu ne risques rien.

En ma compagnie.
Tu ne risques rien.
Pas cette nuit.

Et puis le grand garçon aux fortes épaules.
Reprit son récit.
Mais ce qu'il raconta à partir de ce moment.
Bouleversa.
Le garçon aux yeux tristes.
Au-delà de tout ce que l'amoureux jeune homme.
Aurait jamais pu imaginer.
D'horrible.
Et de douloureux.

Le garçon aux fortes épaules.
Raconta.
Comment ce qui se produisait là.
En cet instant précis.
Tout autour d'eux.
Trouvait ses origines dans ce qu'il lui avait raconté.
Juste avant que la fin du monde ne se mette.
À déployer.
Ses ailes.
Et sa fureur.

Qu'à l'origine.
Du déferlement de haine.
Dont les flots fonçaient partout.
Autour du petit café.
Il y avait.
Sa famille.
À lui.

Il raconta l'horreur.
Non plus l'horreur.

D'hier.
Ou d'avant-hier.
Mais celle de l'instant présent.
Et celle de l'instant à venir.
Toutes deux inséparablement liées.
À l'histoire qui les avait mis au monde.
Ces instants.

Et qui l'avait mis au monde.
Lui.

Le grand garçon aux larges épaules.
Parla.
À voix basse toujours.
Et parla
Et parla.
Des heures.
Et des heures durant.
Encore.

Tout au long de la nuit.

Tandis qu'autour du café.
La ville brûlait.
Et mourait.
Rue après rue.

Tandis que.
De rue en rue.
Les habitants hurlaient.
Hurlaient.
Puis se taisaient.
Les uns après les autres.

Et puis.
Lorsqu'il fut bien certain.
Que le garçon aux yeux tristes.
Avait désormais.
À sa disposition.
Tout ce qu'il lui fallait.
Pour qu'il puisse enfin.
Entendre l'essentiel.
Et pour que cet essentiel lui soit.
Compréhensible.

Le garçon aux larges épaules se pencha.
Une dernière fois sur son amour.
Et le remercia.
D'avoir été là.
D'avoir été là.
Dans sa vie.
Et d'avoir été là.
À passer.
Ses mains dans les siennes.
À passer avec lui.
Les dernières heures de son existence.

Il le remercia.
D'autant plus profondément.
Qu'aucun de ses ancêtres.
N'avait jamais eu droit.
Jamais.
À un don d'une aussi incomparable splendeur.
Une main aimée à tenir.
Et par laquelle avoir sa main tenue.
Au moment de la mort.

Ce qu'ayant dit.
Il se leva dans la nuit.

Et chanta.
À tue-tête.
Chanta ce que chaque génération.
De sa famille.
Avant lui.
Avait aussi chanté.
Au moment de mourir.

Mais que personne.
Jamais.
N'avait jamais entendu.
Être chanté.

Puisque tous ceux qui l'avaient jamais chanté.
Étaient morts dans la solitude.

C'est en se levant.
Pour chanter son chant.
Sans doute.
Que le grand garçon aux épaules larges.
Dut faire un faux mouvement.
S'accrocher.
Dans la nuit.
À un objet.
Qu'il n'avait pas pu apercevoir.

Oui, oui.
C'est sans doute à ce moment-là.
Que la chose dut advenir.

Et que.
Sans s'en rendre compte.
Sûrement.
Le grand garçon aux larges épaules.

Fit se rouvrir
Les plaies qu'il avait aux poignets.

Dans les jours qui avaient précédé.
Cette terrible nuit.
De murmures.
De désir.
De chant.
Et de carnage.
Le grand garçon aux larges épaules.
Avait attenté à ses jours.

Allongé dans sa baignoire.
Tel un noble vaincu.
À la tunique bordée de pourpre.
Des temps jadis.
Il avait fait à ses poignets.
Deux profondes entailles.

Puis avait attendu qu'elles accomplissent.
Leur œuvre.

Mais voilà que.
Tandis qu'il regardait.
Sans s'émouvoir.
L'eau dans laquelle il baignait.
Se teinter de vermeil.
Il avait été soudain.
Saisi par une profonde révolte.
À l'endroit du destin.
Qui avait.
Il y avait de cela fort longtemps.
Été décrété pour lui.

Sa révolte était née.
Et s'était emparée de lui.
Aussi soudainement.
Qu'au cœur de l'été.
Celui qui a passé.
Toute sa journée dans l'ombre.
Est ébloui.
Par la porte qui s'ouvre soudain.
Sur le grand soleil.
Baignant un jardin.

Il s'était extirpé de la baignoire.
Avait à la hâte enroulé des serviettes.
Autour de ses poignets.
Et était parvenu.
À aller frapper chez un de ses voisins.
Médecin.

C'était pour raconter à son amour.
Ce qui l'avait poussé.
À une telle violence.
À son propre endroit.
Qu'il l'avait rencontré ce soir.

Et voici que tandis.
Qu'il se lançait.
En tonnant.
Et en hurlant.
Dans les derniers passages.
De son récit.
Les points de suture.
Se rouvraient.
À ses poignets.

Et que.
Tout au long de son chant.
Ses veines se vidaient.

Son chant achevé.
Le grand garçon aux larges épaules.
Se rassit.
Lourdement.

Et en entonna un autre.
Le tout dernier.
Tout bref.
Et à voix douce.

Celui que jamais personne.
De sa vieille famille.
Avant lui.
N'avait eu à chanter.
Qui commençait.
Se poursuivait.
Et s'achevait.
Sur les mots.
Je t'aime.
Je t'aime.
Je t'aime.
À l'infini.

De plus en plus doucement.

Jusqu'à ce que.
Dans la nuit du petit café.
Sa voix s'éteigne.

CHAPITRE I
Dédicace

Jen.

Ma toute belle Jen.

Est-ce que je t'ai déjà dit à quel point ton rire, que toi tu détestes tant, moi me rend fou ?
Je veux dire fou de ta personne ?

Je sais, je sais, toi tu trouves que tu ris trop fort.
Parce que quand t'éclates de rire, tout le monde fait le saut.
Mais c'est juste qu'en fait, t'éclates pas de rire, toi.
Éclater, c'est juste bon pour les pétards.
Non, toi t'exploses, de rire.

Et ça me ravit.
Complètement.

C'est pas la seule chose qui me ravit chez toi.
Il s'en faut vraiment de beaucoup.

Mais c'en est une.

Une magnifique.

Je suis aussi certain qu'on peut l'être qu'au moment où tu lis ceci, t'as un peu peur.
Au moins un peu.
Et peut-être même bien plus que ça.

Si jamais ces pages se rendent jusqu'à toi, bien évidemment.

Tu dois être en train de te demander ce que je te veux.
Il y a de maudites bonnes chances pour que tu redoutes que je sois stoned comme une bine.
Et puis, comme je viens de te lancer *ma toute belle* et *fou de toi*, il est pas du tout interdit de penser que tu crains que je me lance dans une déclaration d'amour passionné, qui brûle comme du napalm, bourrée jusqu'aux oreilles de points d'exclamation, de phrases pas finies pour cause de trop-plein d'émotions qui m'étouffent et de tournures poétiques aussi light qu'une queue de castor trempée dans le sucre.

Mais aie pas peur.

Non, je suis pas stoned.
Même pas saoul. Même pas un tout petit peu.
Ça fait même oh, pas mal plus qu'un an que j'ai pas touché à un seul joint.
Pis à rien d'autre de la même famille non plus.

Tiens, je viens de voir en imagination les sourcils te remonter d'un coup sec jusque dans le milieu du front.
De surprise.
Je t'ai eue, hen?

C'est rien, ça.
Attends, tu vas voir.

Non, je suis pas stoned.
Et non, je vais pas non plus me traîner à tes pieds en te suppliant de me prendre dans tes bras pis de me donner un petit bec sur le nez – pour commencer.
En te menaçant de me sacrer en bas du pont Jacques-Cartier si tu refuses.

Je suis pas stoned.
Pas saoul.
J'ai rien à te demander.
Et certainement rien à exiger de toi.

De toute façon, si je me trompe pas – pis les chances sont vraiment très faibles – tu me reverras pas après avoir eu ces pages dans les mains.

Je ne me serai pas pendu au fin fond d'une forêt.
Je ne me serai pas jeté dans le fleuve.

Je vais juste être.
Ben.
Mort.

Pis c'est pas si grave.

Continue de lire, s'il te plaît.

Non, c'est pas si grave.

Ça aura juste été un des effets inévitables d'une chose que je devais absolument faire.

Mon but en la faisant aura pas du tout été de mourir.
Il aura juste été de me rendre jusqu'au bout de son accomplissement.
Sauf que.
De me rendre jusque-là implique *aussi* de nécessairement en crever.

C'est plat'.
Très.
Mais c'est de même.

Cette chose que je dois absolument faire, c'est. T'écrire ceci.
Les pages que tu lis en ce moment.
Et c'est tout.

Pourquoi?
C'est justement ce que je vais essayer de te rendre aussi compréhensible que je pourrai en te racontant, du mieux que je peux, ce qui s'en vient.

Rien qu'un petit bout, encore, à propos de ma mort et de comment je pense à elle, avant de commencer à entrer dans le vif de mon sujet.

Fais bien attention, en lisant les lignes qui arrivent tout de suite ici, tu risques fortement de te mettre à cracher le feu!
Mais continue de lire quand même, s'il te plaît.
Je vais essayer d'être le plus clair possible.
Même si je sais que le temps va me manquer.
Parler de sujets pareils, ça se fait pas en criant ciseau.
Il faut prendre le temps de dire ce qui a à l'être.

Surtout quand on a aussi peu d'expérience que moi avec les mots écrits.

Je sais que tout ce qui sonne si peu que ce soit comme violence ou guerre te révolte.
Même le mot police, te fait lever tous les poils du corps, de furie pure.

Tu penses, sincèrement, profondément, qu'il y a *toujours* moyen d'éviter la confrontation armée.

Je te comprends parfaitement, ma toute belle.
Je pensais exactement la même chose jusqu'à il y a pas si longtemps encore.
Comme à peu près tout le monde de notre génération le pense aussi sur notre coin de la carte.

D'ailleurs, je le pense toujours, dans presque tous les cas.
Sauf que.

Il y en a d'autres, des cas, justement.

Je pense maintenant qu'il existe parfois des affrontements qui, si on les empêche, ne peuvent déboucher sur rien d'autre que sur une guerre encore bien pire que celle qu'on a d'abord évitée.

Je me lancerai pas dans une démonstration historique à plus finir.
J'ai pas le temps.
Ni le talent ni les connaissances pour ça non plus.
Mais non, toutes les guerres sont pas d'épouvantables tueries inutiles.

Elles sont toutes d'épouvantables tueries.
Mais elles sont pas toutes inutiles.

Et puis, crois-moi, les guerres sont des folies, sans l'ombre du moindre doute.
Mais ça signifie pas pour autant que rien de ce qui sort d'elles ne mérite d'exister.

L'histoire des Hommes en est tellement pleine d'un couvert à l'autre, de guerres, que s'il fallait balayer de la surface du monde tout ce qu'elles ont engendré il resterait plus rien à regarder, de quelque bord que tu te tournes.

Alors?

Parmi les choses étonnantes et captivantes que la guerre a engendrées au fil des millénaires, il y en a une, en particulier.
Une que j'ai découverte il y a vraiment très peu de temps de ça.

Qui m'a pas seulement surpris.
Elle m'a complètement déculotté.
Bouleversé.

J'avais déjà entendu parler d'elle, comme de raison, exactement comme des tas d'autres gens en ont eux aussi déjà entendu parler ici ou là.
Ce qui revient à dire que tout ce que je connaissais d'elle, c'était un petit tas de clichés. Et ça, c'est vraiment la manière la plus polie de le dire.
J'étais juste, au hasard de ma route, tombé sur quelques anecdotes, presque toutes inventées, toutes plus

superficielles les unes que les autres et qui m'avaient rien appris du tout d'éclairant.

Ce qui, bien entendu, m'empêchait absolument pas pour autant de m'imaginer que je connaissais à peu près tout sur le sujet.

Et puis des personnes que j'ai. Que j'ai croisées récemment m'ont, chacune à sa manière, appris bien des choses à son propos.
Pas tout, non! Jamais de la vie!
Juste quelques petites choses.
Mais qui ont été amplement suffisantes pour me donner un des grands chocs de ma vie.

Les samouraïs.

Hé!
Je t'avais prévenue, hen, que t'allais sauter au plafond?

Mais j'insiste, continue, je t'en prie!
Vas-y doucement.

Les samouraïs.

Pour la plupart des gens qui connaissent le mot mais qui savent rien du tout de la chose, *samouraï* c'est juste une autre manière de dire maniaque de la tuerie.
Un peu comme les chevaliers du Moyen Âge, en Europe, en juste encore plus féroce, aveugle et sanglant.
Une espèce de robot de la mort, mais en chair et en os.

Eh bien.
J'oserais jamais être assez prétentieux pour essayer de te donner un cours sur le sujet, mais ce que je peux

te dire, en tout cas, c'est que cette image-là est, pour vraiment dire le moins, mauditement incomplète.

Moi, en tout cas, c'est absolument pas ce côté-là d'eux, si jamais il a existé, qui m'a frappé quand j'en ai eu appris un tout petit peu plus sur leur compte.

C'était pas le combat dans le monde extérieur qui était au cœur de l'entreprise du samouraï, Jen.
Son but, il était d'abord de se vaincre lui-même.

Il y a une seule chose d'absolument certaine, à propos de la vie.
C'est qu'elle va finir par finir.

Le samouraï cherchait à faire la paix avec la peur qu'il ressentait face à sa propre mort.

C'est tout.

Et, à l'échelle d'une vie humaine, c'est.
Gigantesque.

As-tu déjà pensé à ta propre mort, Jen?

Je me demande ce que tu ressens, quand tu penses à elle?

Je rêvasse.
Je nous imagine, tous les deux, couchés sur le dos.
Sur une pelouse du mont Royal.
Une super belle nuit de juillet.
Tu sais?

Collante comme du goudron, mais qui se fait aérer de temps en temps par une petite brise toute douce qui te chatouille le cœur en même temps que la peau.
En train de contempler les étoiles.

Pis moi, je t'écoute me parler tout doucement de la peur, ou de la terreur, ou de la presque irrésistible envie de te mettre à courir jusque de l'autre bord de l'horizon qui te prend quand tu penses à elle, ou de l'épouvantable besoin de tendresse qu'elle t'inspire, l'idée de ta mort.

Je fais juste serrer ta main posée entre nous deux sur le gazon, sans forcer. Juste comme on tient un objet infiniment précieux et infiniment fragile.
Peut-être même que je promène un tout petit peu le bout d'un de mes doigts dans sa paume.

Une fois que t'as fini, y a un grand grand silence.

Il y a juste ça.
Le silence et les étoiles.

Pis je fais juste continuer à me laisser bercer par le souvenir de ta voix qui vient de se taire.

Tu sais quoi?
Je pense que la manière que chacun de nous a d'être capable ou pas de penser à sa mort est peut-être le meilleur rayon X qui existe pour apprendre qui on est pour vrai, tout au fond.

Moi, je me suis toujours sacré de la mienne.
Pas de joke.

Sérieux.

Mais j'ai eu, une après l'autre, deux manières complètement différentes, de m'en sacrer.

Deux manières qui en disent bien plus, je trouve, sur mon amour de la vie que sur une fascination pour le néant que je ressens pas une maudite miette.

Dans le monde où on vit, toi pis moi, on est tellement tout le temps poussés d'un bord pis de l'autre, forcés de faire des choix entre ceci pis cela, même quand ceci te dégoûte autant que cela.

On se fait tellement tout le temps ordonner de penser A pis d'avoir honte de B, même quand A tient pas debout une viarge de seconde pis que B est un trésor.

Pis tout ça se passe tellement continuellement.

Sans jamais s'arrêter. Jamais.

Pis tellement vite.

Et pis ça empire encore tellement d'année en année.

Qu'au bout du compte j'ai fini par trouver un mot, juste un, pour décrire comment je le trouve, ce monde.

Ce monde que les humains se sont bâti.

Ignoble.

Ça veut dire.

Repoussant.

Laid.

Affreux.

Mais *Repoussant*, ça sonne trop dur à l'oreille, je trouve.

C'est le R pis le P, qui font ça, je pense.

Laid, c'est trop court. On risque de passer dessus sans même s'en apercevoir.

Pis dans *Affreux* aussi, le R fait trop un motton. Pis en plus, quand tu dis *Aff*, la lèvre d'en haut te retrousse comme si tu venais de mordre dans un citron. Trop fancy pour moi.

Non, j'aime mieux *Ignoble*.
Parce qu'il sonne mou.
Et que ça correspond parfaitement à ce monde-là, la mollesse.
Comme on dit que la bouette est molle.
Ou la merde de quelqu'un qui est pas vraiment en bonne santé.

Le monde où on vit tous les deux, Jen, il l'est tellement, ignoble, qu'on en est arrivés à même plus être capables d'imaginer des manières de le changer sans aussitôt se faire accuser d'être fou raide.

Je pense.
Je pense que ça, c'est encore pire que l'enfer.

Même si c'est un enfer où on se promène en Corvette pis où on change les draps tous les jours.

Ce qui fait que.
Depuis.
Ouf, longtemps.
J'ai pas du tout l'impression de vivre dans un monde humain.
J'ai l'impression d'exister dans un gros élevage de poulets.
De poulets souvent stoned.
À toutes sortes d'affaires.

Alors un jour, après avoir nommé ça, j'ai pris une résolution.

J'ai décidé, et je m'y suis tenu pendant très très longtemps, pendant presque toute ma vie, en fait, que le jour où j'aurais l'impression que j'étais sur le point de même plus être capable de me tenir debout comme du monde.

Que le jour où je m'apercevrais que la folie de ce monde-là m'a tellement forcé à reculer pas à pas sur tout ce que j'ai déjà trouvé important à un moment ou à un autre de ma vie qu'il me semble que je suis en train de perdre même ma capacité d'aligner deux idées au moins juste un peu cohérentes.

J'arrêterais ça.

Tout de suite.

Mais à un moment donné, il est arrivé quelque chose dans ma vie.

Et j'ai changé d'idée net. Carré.

J'ai décidé que c'était le contraire de ça, en fait, que je devais faire.

Je me suis aperçu que ça avait pas de bon sens, de garder la possibilité de ma mort dans ma manche, comme un joueur de cartes cache un joker.

La vie que j'avais envie de vivre, elle était le contraire de ça.

Le contraire d'être le passager d'un bateau en train de couler, qui regarde doucement l'eau monter autour de ses pieds. Pis qui attend juste, avec un gun dans la main, de se tirer une balle dans la bouche à la dernière minute, juste juste avant de mourir noyé.

J'ai aucune espèce de maudite idée de comment on pourrait bien faire reculer le délire indécent qui règne dans le monde où on s'est rencontrés tous les deux, ma belle Jen. Ma douce Jen.
Mais en tout cas je me suis aperçu un bon jour que je pouvais au moins essayer de dire à quoi je suis encore capable de rêver.
Dire ce qui, d'après moi en tout cas, serait mieux que ce dans quoi on baigne là.

C'est là que j'en suis.
Tout simplement.

Juste.
À dire ce que j'ai à dire.

Tout en sachant parfaitement que la niaiserie a les dents longues.
Qu'elle est beaucoup plus vivante.
Et beaucoup plus affamée.
Et beaucoup plus féroce.
Et qu'elle vient de beaucoup plus profond dans nos vies.
Que tout ce que tu pourrais jamais imaginer, ma chère âme.

Qu'elle a absolument rien d'une insignifiance.
Qu'elle sait exactement à quoi elle tient.
Et qu'elle est pas du tout du genre à reculer dans le choix des moyens nécessaires pour réussir son coup.

Ce qui fait que.
Un jour ou l'autre.
D'une manière ou d'une autre.
Je sais parfaitement.
Qu'elle finira nécessairement par avoir ma tête.

Eh bien voilà.
Qu'elle la prenne.

Mais au moins ce sera pas moi qui la lui aurai offerte.

C'est ça.

Au moment où tu vas lire ceci.
Je vais être mort.

Et ça ne m'inquiète pas.
Pas du tout.

Parce que, quelle que soit la forme qu'aura prise ma
mort, ce qui l'aura provoquée aura aussi eu d'autres
effets.
Comme celui de me permettre de t'écrire ceci.

Et de faire la paix avec ma vie.
Y compris avec sa fin.

J'ai pas de sabre aussi coupant qu'un scalpel suspendu
au mur de ma chambre.
Je sais pas tirer à l'arc.
Ni péter les blocs de ciment à mains nues.
Pas d'armure de trois tonnes qui attend que je
m'enferme dedans.
Et je t'écris pas ceci en kimono de soie, à genoux devant
mon clavier.

Mais j'ai fait la paix avec ma mort.

Qu'elle vienne.
Je suis prêt pour elle.

Surtout que sa venue sera le signe que j'aurai réussi, au mieux de mes moyens, à finalement remplir ma tâche.

Ma toute belle.

Je te souhaite.
Une longue et paisible existence.
Si tel est ton vœu.

Je te souhaite l'éblouissement, quand il le faut.

Sache qu'il y a eu au moins un gars qui, en se préparant à mourir, s'est demandé.
Et s'il fallait que je parle à un être, rien qu'un? Ce serait qui?
Et pour qui la seule réponse possible sonnait exactement comme ton nom.

CHAPITRE II

Où il est question d'un début
qui aurait bien pu ne jamais advenir

Quand j'ai eu compris que c'était à toi et à personne d'autre qu'il fallait que je parle, tout est immédiatement devenu simple comme bonjour.

Ça a été d'en arriver à ce point-là, qui a été compliqué en pas pour rire.

🖐

Je sais depuis l'automne dernier qu'il faut que je me lance dans l'écriture de ceci.
Que j'ai pas le choix.
Aucun, choix. D'aucun ordre.

Mais savoir que j'ai pas le choix a pas du tout empêché que je me retrouve tout de suite figé de vertige devant les morceaux d'un casse-tête qui est resté un grand bout de temps absolument impossible à résoudre.

Comme si souvent dans l'existence, tout mon problème tenait à une toute petite erreur, toute simple.
Une toute petite chose toute simple, mais qui te fait explosion en pleine face aussitôt que t'as le malheur de poser un doigt dessus.

Vois-tu, je me retrouvais devant une ribambelle de questions auxquelles je devais répondre d'abord, pour parvenir à décider comment m'y prendre pour raconter.

La première question, c'était.
Je vais raconter, bon ok. Mais à *qui*?

La réponse avait l'air de s'imposer d'elle-même.
À personne en particulier.

Je me suis dit Regarde par la fenêtre, et adresse-toi à l'univers.
Laisse faire les détails, comme disait l'autre.
Dis ce que t'as à dire.
Pis le reste, ce que le monde en fera, de ce que t'as à dire, c'est pas de tes maudits oignons.

Il y avait une excellente raison à cette décision, remarque.
Ce que je veux te raconter me tient tellement à cœur, et a tellement de. De résonances de toutes sortes. Ça me paraît une histoire tellement importante.
Qu'il me semblait évident que la seule manière de la mettre en mots qui soit digne d'elle, c'était de la lancer dans le monde. Euh, comment dire ça? Noblement.
Oui, c'est ça, noblement. Sans faire de remarques personnelles, tu vois? Comme si personne en particulier avait écrit ces pages-là. Sur un ton presque hiératique. Tu sais? Comme les statues d'églises? Ou comme. Comme les statues de chevaliers, couchées sur les tombes, les deux mains jointes sur le pommeau de la grosse épée posée sur eux?
Il fallait que moi, je m'efface complètement du récit.

Bon. Une bonne chose de réglée.

La deuxième question, elle, c'était Comment je commence?

Parce que cette histoire-là, elle peut avoir l'air toute simple, si on s'y met.

On peut facilement la simplifier jusqu'à pouvoir la dire en trois ou quatre phrases à peine.

Sauf que, si on fait ça, du même coup on la vide de son sens.

Et de sa raison d'être.

On aurait nettement mieux fait de se taire.

C'est pas juste une histoire longue et compliquée, tu comprends ?

C'est une histoire qui *doit* ou bien être longue et compliquée. Ou bien ne pas être du tout.

Elle l'est même tellement, compliquée, que juste arriver à décider par quel bout la prendre pour entrer dedans est un problème complètement insoluble.

Si tu te dis Je vais commencer par A, tu t'aperçois, au bout de même pas deux pages, que A est absolument pas compréhensible si tu précises pas B tout de suite.

Sauf que pour faire comprendre B, il faut aussi expliquer C, D, E pis F. Et pis donner une bonne idée aussi de K, X pis Y.

De quoi te faire fondre tous les neurones.

Pendant des mois, j'ai essayé avec toutes les baptême de lettres de l'alphabet, dans tous les maudits ordres imaginables, au moins quatre fois pour chacune des lettres. Quand c'était pas six, huit ou douze fois.

Rien à faire.

Je me laissais pas décourager, parce que je savais parfaitement que cette difficulté-là, j'étais loin d'être le premier à me débattre avec elle.

Alors je recommençais.

Et encore.
Et encore.

J'ai essayé en commençant par Il était une fois.
J'ai essayé sous la forme d'un reportage de journal en plusieurs articles.
J'ai essayé de l'écrire comme on écrit son journal intime.
J'ai essayé en faisant parler les protagonistes dans leurs propres mots, autant que je pouvais.
J'ai tout essayé.
Tout ce qui me passait par la tête.

Sans la moindre espèce de calvaire de résultat.

J'ai cherché, j'ai fouillé.
Je me suis trituré les méninges.
J'ai sondé les moindres racoins de mes *motivations inconscientes*, comme ils disent, et de mes *comportements innés*, comme ils disent, sur lesquels j'arrivais à mettre la patte.
J'ai échafaudé les théories les plus spaghettiesques. Les plus délirantes. Les plus savantes ma chère.
Je me suis tapé le front sur tous les murs qui passaient à ma portée pis je me suis rongé les ongles et les sangs à plus en être capable de dormir, des nuits de temps.
C'est bien juste si j'ai pas pris rendez-vous pour aller me faire faire ma carte du ciel.

Et pendant tout ce précieux temps là, la réponse était là.
Juste devant mon nez, à chaque fois que je me regardais dans le miroir.

J'ai pensé virer fou raide, sans arriver à remuer le moindre doigt.

Ce qui était le plus épouvantable, c'était que sur le coup, pendant que j'écrivais, ça marchait!
Presque à toutes les fois!
Presque toutes les fois, je me disais Yé! Ça y est! Je l'ai!
Cette fois-ci, c'est la bonne!
Sauf que.
Le lendemain matin, en me relisant, on aurait dit que pendant la nuit tous les mots s'étaient vidés.
Ce qui restait sur la page était pas seulement plat, c'était gris.
Pesant.
Morne.
Et parfaitement silencieux.

Des fois, je me disais C'est pas grave, continue pareil!
Travaille, force, force-toi, pis un moment donné, ça va faire comme pour le monstre de Frankenstein, le cœur va se mettre à battre tout seul!
Mais mes efforts faisaient rien d'autre que rendre les résultats de mes tentatives encore plus insupportables.
Prétentieux. Gluants.

Ça a duré un temps fou.
Des mois et des mois.

Je savais plus de quel maudit bord me garrocher.

Imagine, savoir ce que t'as à faire, le voir clairement, juste là devant toi, presque à le toucher, mais même pas arriver à juste trouver la manière de commencer!
Une estie de torture. Y a pas d'autre mot.

Surtout quand tu sais, en plus, que de la commencer, ton histoire, ça va être rien qu'une pinotte, comparé à. À ce qui va venir après.

Comme toujours, pour que la réponse puisse finir par m'apparaître, il fallait d'abord que je renonce.
Que je me dise que c'était impossible, que j'y arriverais pas, quoi que je tente.
Que je m'avoue vaincu.
Et que j'y croie.

Facile à dire.

Et pourtant, c'est exactement ça qui a fini par m'arriver.
Et c'est là que j'ai compris.

Une fois que j'ai été convaincu jusqu'au trognon que c'était peine perdue, que j'étais pas capable, ce qui bloquait a tout de suite commencé à me sauter aux yeux, tout petit bout par tout petit bout.
Comme un chapelet de grenades, qui se sont mises à faire explosion dans ma tête les unes après les autres.

Il y a d'abord eu de m'apercevoir que mon problème, il relevait pas du tout de ma deuxième question. Jamais de la vie.
Il relevait de la première.

D'entrée de jeu, j'avais été convaincu que tout ce qu'il me suffisait de faire c'était de raconter sans m'adresser à personne en particulier. Et que tout marcherait tout seul.
Sauf que baptême ! si ce que j'avais à raconter aurait bien dû m'enseigner une chose, rien qu'une, ça aurait bien dû être que rien, jamais, ne va justement de soi !

Jamais.
Rien d'important, en tout cas.

Penser que je pourrais sortir cette histoire-là comme
un crieur public hurle ses speechs debout sur une
petite caisse en bois, au beau milieu d'un parc, à
m'époumoner pour le monde qui promènent leur
chien, pis le monde qui mangent un cornet ou une
sandwich en vitesse ou pour les joueurs de guitare,
c'était pas seulement complètement idiot, c'était
carrément moron.
Parce que, justement, cette histoire-là, elle parle pas
du tout du monde en général.
Tout mais pas ça.

Elle parle des gens.
Un à un.

Et de rien d'autre.

Elle ne peut pas, être gueulée en public.

Si on veut lui être fidèle, elle peut seulement être.
Murmurée à l'oreille.

Et on ne peut pas murmurer à la cantonade.
See what I mean?

Alors je me suis dit Commence donc par toi! Qu'est-ce
qu'elle te dit, personnellement, à toi, cette histoire-là,
hen?

Et là.
La réponse m'a tellement pris par surprise que je pense
que j'ai poussé un cri, tout seul chez nous.

Oui, oui, bien sûr, toute cette grosse histoire là m'inspire des tas et des tas de pensées, de réflexions, d'émotions qui partent dans tous les sens, mais tout d'un coup je me suis aperçu qu'il y en avait une, juste une, qui se détachait clairement du lot.
Qui dominait tout le reste.

Un sentiment d'une force remarquable.
Qui était là depuis le tout début.
Qui était déjà là aussitôt que je me suis réveillé sur mon sofa, cette fameuse nuit là et que je me suis rendu compte que ma vie venait de prendre un méchant tournant.

Un sentiment omniprésent.
Mais que je m'étais acharné à même pas percevoir.

La jalousie.

C'était simple comme bonjour, ça sautait aux yeux, c'était gros comme une montagne.
Et je m'étais acharné comme un damné à pas le voir.

D'ailleurs tiens, une des choses que je viens d'apprendre à mon propre sujet, ces derniers temps, a justement rapport avec une qualité rare dont je ne m'étais jamais soupçonné de pouvoir être affublé.
Une assez formidable capacité à être complètement aveugle même devant des choses qui crèvent les yeux.
Quand le fait de les voir risquerait de trop me déranger.

Ne pas m'apercevoir que ce à quoi je consacre presque tout mon temps, depuis des mois et des mois, m'inspire une jalousie insensée, par exemple.

Ou bien encore mettre cinq ans à comprendre ce que signifie l'état de bien-être qui me gagne chaque fois, aussitôt que je me retrouve en présence d'une de mes amies.

Qui est tellement belle, la fille, soit dit en passant, tu peux pas savoir.

Mais bon. Fin de la parenthèse.

Dans pratiquement toutes les presque innombrables histoires qui composent cette Histoire-là, il y en a une, juste une, qui me rejoint tout particulièrement.

Qui m'électrocute.

Une histoire d'amour.
Entre deux gars.

Aussitôt qu'il m'a explosé en pleine face que, pour moi, cette histoire-là est. Non, pas centrale, mais.

Aussitôt qu'il m'est apparu que c'est en grande partie cette histoire d'amour là qui, dans mon esprit, donne sa couleur et sa vie, même, à l'ensemble, ma première réaction ça a été d'avoir le vertige.

Pourquoi?! que je me suis mis à me demander. J'étais.

Paniqué.

Je veux dire Pourquoi elle?

Je suis pas gay. Pas une maudite miette.
Ben, dans ce cas-là, quoi?!

Parce qu'elle se passe dans les années 1970, et donc plus proche de moi dans le temps que la plupart des autres?

Ça explique rien du tout. Il y en a plusieurs autres, des histoires, dans ce conte-là, qui se passent encore bien plus proche de notre époque à nous autres.
Il y en a même qui ont lieu en ce moment même.

Ben d'abord, quoi?!

Rien.
Pas la moindre idée de réponse.

Jusqu'à temps que je me décide à recommencer encore un coup.
Que je pèse sur le piton *reset*, encore une fois.
Que je me repose la question de base, la question de départ, tout simplement.

C'est cette partie-là de l'histoire qui te parle le plus fort? Celle des deux gars? Ok.
Elle te dit quoi?

Et là, ça a parti.
Paf!

Deux gars en amour.
Ils s'appellent Clarence et André.
Deux super beaux gars.
Cultivés mais pas chiants. Pas folles pour une miette.
Mais en amour…
Je sais même pas comment le dire, à quel point ils le sont.

Faux.
Je viens de mentir.

Je le sais, à quel point ils le sont.

Ils sont en amour au point. Qu'ils ont bien failli s'entredévorer.
Je veux dire pour vrai. Littéralement.
Plusieurs fois.
En faisant l'amour.

Évidemment ça leur a donné une chienne bleue.
Ils se sont séparés.

Mais comme ils pouvaient pas vivre l'un sans l'autre une fois qu'ils s'étaient connus, une fois que chacun des deux savait que l'autre existait, ils se sont arrangés pour se retrouver.
Ils avaient pas le choix.
À moins de se résoudre à devenir des morts-vivants.

Et puis une nuit, Clarence est mort.
En tenant la main d'André.

Et André, lui, après ça, a rien fait d'autre de sa vie, à chaque minute, qu'essayer de comprendre ce que Clarence avait voulu lui dire en lui racontant ce qu'il lui avait raconté en mourant.
Tout le restant de sa vie.

Jusqu'à en mourir, lui aussi.

Je te l'ai déjà dit et je te le répète, parce que c'est crucial, que dans toute la grosse histoire, il y en a des paquets et des paquets, de récits, d'aventures, de questions et d'énigmes qui me fascinent. D'à peu près toutes les manières imaginables.

C'est peut-être pour ça, d'ailleurs, qu'il m'a fallu tellement de temps pour m'apercevoir que je pouvais pas toutes les mettre sur le même pied.
Et qu'elle, celle de Clarence et d'André, c'était très clairement celle qui me parle. Peut-être pas le plus fort. Mais certainement le plus clairement, en tout cas.

Elle m'arrache les tripes.

Pourquoi?
Parce que je suis jaloux.

De Clarence.

Le mur sur lequel je me tapais le front depuis le début, je venais de m'apercevoir qu'il portait un nom.
Un prénom tout simple.
Juste deux syllabes.

Je me suis senti tellement léger de l'avoir nommé, tout d'un coup, que j'ai eu l'impression que j'allais lever de terre.

Mais pourquoi?
Hen?
Pourquoi, j'étais jaloux de lui?

Pas parce qu'il était le descendant d'une famille extraordinaire.
Pas parce qu'il était d'une beauté à s'évanouir.
Pas parce qu'il avait une intelligence pis une culture à faire pâlir d'envie une bibliothèque municipale au grand complet.
Non.

Et c'était pas non plus à cause de ce qui a bien pu arriver physiquement entre ces deux gars là.

J'ai pas plus envie là, là, en cet instant, de me faire embrasser par André que par n'importe quel autre mâle de l'univers.

Si le cœur m'arrêtait net aussitôt que je pensais à ces deux gars là, c'était.

À cause de ce qui se passait entre eux, bien évidemment.

Mais tout au fond du cœur de chacun des deux.

Savoir que quelqu'un a pu être aimé au point où Clarence a été aimé par André.

Ça me rendait fou.

J'étais jaloux.

Jaloux à en crever.

Jaloux au point d'avoir envie d'ouvrir la fenêtre malgré le frette de canard arctique qu'il faisait, certaines nuits, pour le crier à tue-tête à la ville entière ! Pis que les Martiens écoutent, eux autres avec, si ça leur tente, je m'en tabarnaque !

Je le prenais pas, qu'un amour, qu'une profondeur d'amour pareille, se puisse.

Et que moi, je l'aie pas vécue.

De savoir que ça se pouvait faisait pas que je me sentais diminué.

Jamais de la vie.

J'avais pas plus honte de pas avoir été un de ces deux gars là que j'ai honte de pas avoir peint La Joconde.
Ou composé La Flûte enchantée.

Je me sentais pas diminué par leur histoire, je me sentais grandi.
Plus que j'aurais jamais pu imaginer l'être.

Je trouvais ça beau!
Beau à m'en arracher la face.

Mais c'était pas moi qui l'avais vécue.

J'étais jaloux de Clarence, juste parce qu'il était parvenu à inspirer un amour aussi total à son chum.
J'écris *un amour* et je me demande.
Est-ce que *passion* serait pas encore plus juste?

Non.
La passion, c'est complètement autre chose.
Ça brûle.

C'était de l'amour.

L'amour construit.
Parfois, sous des formes tellement étonnantes qu'il est difficile de finir par s'en rendre compte.
Mais il construit.

Et c'est ça, qui ressort de leur histoire à tous les deux, tu comprends?
Quelque chose s'est construit entre eux.

De tellement clair et de tellement beau, si on se donne un peu la peine d'écouter, que ça devait un jour aller jusqu'à transformer de fond en comble la vie d'un gars qui les a même jamais rencontrés en personne, ni l'un ni l'autre.

Quand j'ai été bien obligé d'accepter que c'était ma jalousie qui me bloquait, j'ai compris que j'avais un choix à faire, bien évidemment.
Ou bien je restais là, à me morfondre dans ma swamp.
Jusqu'à ce que mon temps ait complètement fini de s'égrener.
Ou bien je regardais dans la direction où elle pointait, ma jalousie. Je veux dire j'écoutais ce qu'elle pouvait m'enseigner à propos de moi. De ma propre existence.
Et de ce que j'en pense. Sans me conter de ballounes.
C'est ça que j'ai fait.
De mon mieux, en tout cas.

Il a pas fallu longtemps pour que je comprenne deux choses.
D'abord que, comme de raison, si j'étais aussi jaloux c'était tout simplement parce que j'aurai jamais, moi, inspiré un sentiment pareil à qui que ce soit.
Et ensuite, et surtout, que ce qu'il avait inspiré à André, Clarence l'avait ni souhaité ni cherché. Jamais.

Il s'était contenté d'être celui qu'il était, le plus fidèlement possible.
Et de dire et de faire ce qu'il avait à dire et à faire.
Un point c'est tout.

Il avait ensuite suffi que, face à lui, André en fasse autant.

Pour que naisse une histoire qui, quant à moi, vaut bien les légendes les plus héroïques et les plus inspirantes que j'aie jamais lues, vues au cinéma ou entendu raconter.

🖐

Ma jalousie m'enseignait une chose toute simple.
La manière de sortir des ornières où j'étais coincé.

J'avais juste à faire ce que j'avais envie de faire.
Juste à être de mon mieux celui que je me sais être.
Et, après ça, laisser l'univers réagir comme il voudrait.

J'avais une tâche à accomplir, soit.
Il était pas question de revenir là-dessus.
Mais là où j'avais le choix, c'était au chapitre de comment je l'accomplirais, cette tâche-là.

Alors?
Qu'est-ce que j'avais envie de faire?
Raconter cette histoire insensée, aussi bien et jusque aussi loin que je le pourrais.

Comment?
Le plus simplement du monde.
Comme je la connais.

À qui?
La réponse m'a littéralement pété en plein crâne.

J'ai entendu une grande explosion de rire.
Un rire que je connais par cœur.
Et qui pourtant m'éblouit encore chaque fois comme si c'était la première fois que je l'entendais.

Un rire à la fois de tout le ventre et de toute la gorge.
Qui pète au ciel.
Et qui te donne l'impression de toucher au cœur des choses.

Un rire accompagné de petits éclats dans deux grands yeux bruns.
Épouvantablement coquins, les yeux.
Et remarquablement impudiques, quand ils sourient.

Et puis une grande giclée de cheveux cuivrés.
Qui descendent le long d'un dos qui n'en finit plus.

C'est comme ça, tout simplement.
Que ma jalousie est partie en fumée.

En faisant le choix de vivre ma vie à moi.

Et en arrêtant d'espérer un amour qui, de toute manière, vit déjà en moi.

C'est comme ça que j'ai enfin découvert la manière de me lancer dans l'entreprise la plus importante de toute ma vie.

CHAPITRE VII
Où il est question
d'une rencontre étonnante

Mon histoire a commencé tout d'un coup. Sans prévenir. L'automne passé.

Ça a pris à peine cinq minutes et toute mon existence avait changé d'un bout à l'autre.

Le soir des élections.
Les rues étaient désertes. Le monde étaient tout' restés enfermés dans leur salon, la face collée dans leur tévé, à s'imaginer qu'enfin demain demain demain le soleil allait se mettre à se lever dans l'autre sens.

Y pleuvait à boire debout.

Y avait rien d'autre sur Saint-Laurent que le sillement de quelques autos qui fonçaient de temps en temps, à fond de train, en se prenant pour des bateaux de course. En splashant tout ce qui avait le malheur d'être à moins de dix pieds du bord du trottoir.

Moi, j'étais planté là.
Dans la flotte.
Rempli par le sentiment d'être très exactement nulle part.
Ou bedon juste juste à côté, de nulle part.

J'étais jusqu'aux oreilles plongé dans ce que j'appelle mon être mou.

Tu sais?

T'es parfaitement conscient de où tu es, parfaitement conscient de ce qui se passe tout autour de toi, il te traverse même des idées floues par la tête, sur toutes sortes de sujets pas rapport, t'as rien à faire, rien à attendre, rien à regretter.

Et rien de tout ça a la moindre espèce d'importance.

T'es là, mais c'est bien juste.

Juste un petit coup de vent de travers et hops, tu pourrais t'évaporer.

Quand je suis dans cet état-là, j'appelle ça être dans mon être mou.

Tu reçois le monde. Je veux dire l'univers. Tu le sais, qu'il est là, partout autour de toi.

Mais il t'est aussi étranger, aussi lointain et aussi indifférent que si t'étais une vache qui regarde passer un train.

Ou un train qui, en passant son chemin, jette juste un œil, vite vite, sur les vaches qui broutent. Pis s'en sacre éperdument.

Je dévisageais une vitrine de gogosses.

Des sacs à main en forme de téléphones cellulaires.

Des étuis de cellulaires en forme d'anciennes cassettes audio.

Des canards en plastique qui se mettent à faire coin-coin quand l'eau de ton bain est après venir trop froide.

Des spatules à je sais pas quoi.

Pis le cœur me levait.

En général.
Et en particulier.

Le sentiment extrêmement fort que de deux choses l'une.
Ou bedon c'est le monde qui est fou à lier.
Ou bedon c'est moi.

Pis le fait qu'on puisse bâtir des usines d'un bout à l'autre de la planète pour fabriquer des canards jaune serin qui te disent la température de l'eau de ton bain dans leur propre langue, mettons que ça me donnait pas du tout l'impression que c'est moi qui est dans le champ.

Ça a dû durer un temps considérable.

J'ai fini par me décoller les pieds du ciment quasiment englouti.
Je les ai traînés.
Pas longtemps. Dix pas? Cinquante pieds? Sûrement pas ben ben plus que ça.

Pis je l'ai vu.

Comme.

Bizarre.
Aussitôt que je l'ai aperçu, de l'autre bord de la rue, j'ai fait une face.
L'idée m'est passée par la tête, vite, vite, pis juste à peine audible, comme un maringouin, que c'était comme si je regardais un autre moi-même.
Vraiment bizarre, comme feeling.

Non. Non, non, pas comme. Sur le coup, ce que j'ai pensé c'est *presque* comme un autre moi-même.
Pas de parapluie lui non plus.
Dégoulinant lui tou.
L'air d'une moppe.

Sauf que moi j'avançais. Vers nulle part, mais j'avançais.
Tandis que lui, je le voyais du coin de l'œil, il avait les deux pieds bien écartés, pis il restait planté là.
À me regarder.

Sans bouger.

Me suis arrêté.
Je l'ai regardé encore une fois.
Pis encore une fois l'idée m'a traversé la tête qu'il me ressemblait vraiment beaucoup.
Juste eu le temps de commencer à me demander quels détails, dans sa silhouette, pouvaient bien déclencher cette impression-là, mais.

Y est arrivé à toute allure une tapette des Régates de Valleyfield, déguisée en taxi.
Elle est passée entre nous deux. Mais plus proche de lui que de moi.
Pis j'ai vu la grande gerbe d'eau monter dans les airs pis lui retomber sur la tomate.

Il a même pas bronché.

Stie que la pluie 'tait frette.

Je suis resté planté là, à toujours juste le regarder.

En me demandant si ça se pouvait vraiment que quelqu'un puisse me ressembler autant.
De loin, en tout cas.

Pis à me demander qu'est-ce qu'il faisait là.

Pis à attendre.

À attendre quoi?
Je le sais-tu, moi?

Qu'il se détourne pis sacre son camp?
Qu'il se mette à me crier des bêtises?
Qu'il se jette devant un autobus?
Qu'il se pète la tête dans une vitrine?

Je sais pas.

Quelque chose de même, je suppose.
À quoi d'autre tu peux bien t'attendre de la part d'un gars debout tout seul au beau milieu de la nuit, en plein déluge, même pas assez smat pour avoir un capuchon, tandis que la nation, folle d'angoisse, se demande si c'est le parti qui veut obliger les poules à aller chez le dentiste qui va gagner le jackpot, ou bendon celui qui dit qu'il faudrait toutes les obliger à porter des dentiers, c'est moins cher?

Je suis juste resté là.
À le regarder.

Au bout d'un grand bout de temps, il a fini par avoir l'air d'avoir décidé quelque chose.
Il a relevé le menton juste un petit poil.

Pis il est descendu dans rue. Splouch. Dans ma direction.
D'un pas très vigoureux.

Sauf qu'à ce moment-là la lumière a changé au coin de Des Pins, pis trois chars ont pris leur départ pour les 24 heures de Monte-Carlo. J'ai entendu les hurlements de leurs pneus quand le vert est apparu pis, tout de suite après, le sillement qu'elles faisaient en fonçant dans l'eau, tout d'un coup, leurs vrombissements, aussi, qui s'en venaient, pis j'ai juste juste eu le temps de voir la lumière changer un tout petit poil, sur lui, le gars. J'ai tourné la tête à gauche, j'ai juste juste eu le temps de voir les trois paires de lumières d'en avant qui grossissaient à toute allure, même pas eu le temps de me demander si c'étaient des camions ou bedon des chasseurs à réaction en rase-mottes, me suis retourné vers le gars, j'ai ouvert la bouche pour lui crier de remonter sur le trottoir au plus crisse.
Mais même pour ça, j'avais déjà plus le temps.

Tout ce que j'ai pu faire ça a été de me fermer les deux yeux ben tight, la bouche ouverte.
Pis d'attendre le boum.

Le wouish des trois chars est passé super fort en avant de moi pis j'ai avalé une grande gorgée d'eau splashée par leur gentillesse pis leurs bonnes manières.

Pis. Rien.
Rien d'autre.
Rien pantoute.

Pas de boum.
Pas de cris de brakes.
Pas de déchirement de douleur.

J'ai rouvert les yeux, certain que j'allais arriver juste à temps pour voir son cadavre décâlicé retomber du ciel.

Mais ce que j'ai vu, à la place, c'était lui.
Qui continuait à foncer dans ma direction. Comme si on avait eu rendez-vous pis qu'il avait été en retard.

J'ai pas eu besoin d'ouvrir la bouche de surprise, je l'avais jamais refermée.
Je suis juste resté là. Pas l'air épais, non, juste l'air d'être l'épaisseur elle-même en personne.
Pis je l'ai regardé s'en venir.

J'étais tellement surpris, tellement... déboussolé, viarge. Que je pense que je pensais même pas.
À rien.
Je faisais juste le regarder.
La bouche ouverte.

Quand il a été rendu à peu près au milieu de la rue, j'ai vu.
Son coupe-vent.
Je veux dire. Le mien.

Il portait exactement le même que moi.

J'ai juste pensé Sacrament, qu'est c'est ça ?!
Je sentais ma cervelle qui essayait de se réveiller, de se brasser, de me sortir de quoi, mais qui trouvait rien pantoute à dire.
Attends, attends, qu'est-ce qui est en train de se passer, là ?

Mais il était déjà arrivé devant moi.
Il s'est arrêté pile, à même pas un pied.
Pis il est juste resté planté là, en bas du trottoir. Les deux pieds dans ça d'épais d'eau. À me dévisager.

Stie.

C'est là, à le voir de vraiment proche, que j'ai changé d'avis.
Il était pas pantoute presque comme moi.
Il était pareil.
Pis même encore ben pire que ça.
Il était.
Moi.

As-tu la moindre espèce d'idée, Jen, de comment tu réagirais, toi, si un bon jour tu te retrouvais face à face, en tête à tête avec toi-même?
Pas avec un sosie, avec *toi-même*? Pour de vrai?

Je veux bien croire que, selon l'avis général, il est absolument impossible que ça arrive.
Comme il est aussi absolument impossible, comme chacun sait, de voler dans les airs ou de marcher sur la Lune – demande à n'importe quel savant des années 1800 pis il va te le dire… aussitôt qu'il va avoir fini de rire de toi.
Mais qu'est-ce que tu ferais si ça se produisait pareil?
Hen?
T'es-tu déjà posé la question?
Le sais-tu, comment tu réagirais?

Ben moi, en tout cas, j'avais jamais de ma sainte vie envisagé la possibilité.

Pis j'en avais pas la moindre maudite, d'idée de comment réagir.

Qu'est-ce que j'aurais bien pu faire?
Me mettre à hurler?
Partir en courant?
Me trouver une cabine téléphonique pis me caller une ambulance?
Quoi?!

Ça m'a fait un effet.
Ah, flûte, comment évoquer ça?

Ah, tiens.
Imagine que t'es en train de faire ton marché, ok? Tout doucement. La tête à moitié ailleurs. Pis que tout d'un coup une fille que t'as jamais vue de ta vie arrive en courant, se plante devant toi, te prend la tête à deux mains, te sacre un sacrifice de gros bec sur le front pis se met à crier Ah Gertrude! Je suis têêêêêllement contente de te voir! Qu'est-ce qui se passe avec toi, tu retournes plus tes messages, coudon?
Si ça t'est déjà arrivé, je suis sûr que t'as remarqué, après, que la première chose qui s'est passée en dedans de toi, ça a été un tout petit pis tout court passage à vide.
Quand quelque chose d'aussi étonnant que ça t'arrive sans prévenir, le cerveau te disjoncte net. Pendant une seconde ou deux, t'es plus capable de penser, plus capable de bouger, tu figes carré.
Bon, ok, tout de suite après ça, il te repart, le cerveau, évidemment, il se brasse comme un chien qui sort du bain pis là tu fais Excusez-moi, madame, mais je pense que vous vous trompez.
Sauf que sur le coup, tu barres.

Eh bien c'est ça, qui m'est arrivé.
Le cerveau m'a barré.
Mais comparé à ce qui peut t'arriver avec une inconnue au magasin, il m'a barré à la puissance je sais pas combien.

J'ai paralysé net.
Toutes les idées m'ont pogné en pain.
Comme si je venais de me transformer en tout petit lapin qui vient de voir surgir d'entre les touffes de gazon, à quelques pouces de sa face, la tête d'un gros boa qui lui fait un grand smile.

Et puis, quand la cervelle m'a dégelé, la première pensée qui m'est venue a été.
Je pense que le bon mot c'est *hallucinante.*
Pis j'ai aucune maudite idée d'où est-ce qu'elle a bien pu retontir.

Si tu faisais l'exercice de t'imaginer quel effet ça te ferait de te rencontrer en personne, je suis certain que tu te dirais qu'une fois que le cerveau te repartirait, la première chose à laquelle tu penserais ce serait comme c'est bizarre de se retrouver *devant* un corps que t'as jamais connu autrement que de *dedans.*

Mais moi, c'est pas ça du tout qui m'est passé par la tête.

Aussitôt que mes neurones ont eu recommencé à se connecter, la première pensée qui s'est formulée, ça a été Estie, il sait exactement à quoi je pense.

Et puis, un tout petit moment après, la même idée est revenue, mais revirée à l'envers, cette fois-là.
Moi aussi, je pourrais.
Savoir à quoi lui il pense, je veux dire.

Ça m'a frappé. Comme dix tonnes de briques.

Tellement, que le cerveau m'a ré-arrêté aussi sec.

J'étais là, je le regardais, pis les seuls fantômes d'idées qui me tourbillonnaient entre les oreilles, c'étaient Stie, c'est moi, ça?!
Et pis la certitude qu'il savait exactement ce qui était en train de se passer en dedans de moi.
Et pis la certitude que si j'arrivais à arrêter de spinner, je pourrais, moi avec, savoir exactement ce qui était en train de se passer en dedans de lui.

Pis là.
Ouf.

Il s'est passé une chose.
Une toute petite chose.
Mais.
Qui a pas juste achevé de me faire complètement figer le mastic.
Elle m'a fait arrêter de respirer.

Le gars.
Il m'a fait.
Un tout petit sourire.
Parlant de boa.

Un tout petit sourire, mais que j'ai immédiatement reconnu.
Exactement celui que je me suis pratiqué à faire dans le miroir de la salle de bains, quand j'étais ado pis que je me cherchais un style, pis qu'à peu près tout le monde

qui m'ont connu après ça ont baptisé mon-petit-sourire-baveux-en-sacrament.
Tu vois duquel je veux parler?
Oui, tu vois duquel je veux parler.

Imagine!
Moi, ce mautadit sourire là, avec lequel j'ai fait enrager tellement de monde depuis une quinzaine d'années, c'était la première fois que je le voyais en personne!
Je veux dire pas retourné à l'envers dans le miroir.
Imagine l'effet qu'il m'a fait!

Je me l'adressais, à moi-même!

C'est vrai qu'y est baveux en sacrament.

Mais le pire c'était pas ça.
Le pire c'est que j'ai compris instantanément *pourquoi* il me le faisait, le sacrament de sourire.

Parce qu'il savait exactement dans quel état je me sentais.

Je repose ma question.

Qu'est-ce tu fais, une nuit de pluie frette d'automne à plein ciel pis à pleine rue, tout seul sur le boulevard Saint-Laurent, planté devant la vitrine d'un magasin de cochonneries ou devant celle d'un restaurant de la pègre fermé pour cause de rénovations, quand tout d'un coup toi-même t'apparaît en pleine face?
Hen?
Pis qu'en te regardant drette dans le fond des yeux, il t'adresse le sourire le plus baveux de tout ton arsenal?
Hen?

Eh bien moi, j'ai rien fait pantoute.
Je suis resté figé là.
À faire rire de moi par moi-même.

Oh, remarque que j'avais bien dû finir par fermer
la bouche queuqu' temps pendant qu'il fonçait dans
ma direction, parce que d'un coup j'ai eu envie de la
rouvrir.
Pour lui poser une question. N'importe laquelle.
Quelque chose d'infiniment brillant et de parfaitement à
la hauteur de mes remarquables qualités intellectuelles,
genre Hen? T'es... moi?

Mais il m'a empêché de faire un fou de moi encore pire
que je me sentais déjà, en faisant doucement *Chuuuut*.
Sans s'arrêter de sourire.

Je sais pas combien de temps on est restés plantés là
à se dévisager.
Aucune maudite idée.
Un viarge de bout', en tout cas.

Tout ce que je sais, c'est comment ça a fini par finir.

Tout d'un coup, il a levé le nez vers le ciel.
Pis, après une couple de secondes, je l'ai vu sourire
encore une fois.
Mais pas le sourire baveux.
L'autre. Le vrai. Celui de. De bonheur.
Je l'ai reconnu tout de suite, lui aussi, parce j'avais fait
exactement le même, pour exactement la même raison,
même pas trente secondes avant de l'apercevoir, le gars,
pour la première fois.

J'étais devant la vitrine de gogosses pis d'un coup, pour prendre un break sur le dégoût, j'imagine, entre la contemplation du canard pis celle des spatules, j'avais regardé vers le ciel pis j'étais juste resté là, à recevoir la pluie en pleine face.
Jusqu'à temps qu'il me vienne tout seul un grand sourire. De.
De bonheur, ouan.
J'imagine.

J'ai toujours aimé la pluie.
Adoré, la pluie.
Je l'aime mieux chaude, ou tiède, pendant l'été, que frette à t'en faire tomber les poils mais, au fond, même frette c'est pas si grave.
Du moment que c'est de la pluie.

Bon.
Toujours est-il que là, je le regardais, le... le gars, pis que c'est moi qui savais exactement ce que lui était en train de faire, pis ce qu'il ressentait, pis pourquoi il souriait.

Il a fini par ramener sa face face à moi, pis il m'a fait un air, les sourcils retroussés.
Compris? qu'il avait l'air de me demander.

Mais. Non, non, non, non!
Non, j'avais pas, compris!
Rien pantoute!
Qu'est c'est qu'il voulait que je comprenne, bout de viarge? Ok, ok, tu ressens les mêmes affaires que moi, tu souris pareil comme moi, t'es heureux pour les mêmes niaiseries pis tu me ressembles comme deux gouttes d'eau, même en plein sacrament de déluge? Pis?!

Tout de suite en voyant ma réaction, il a fait ma deuxième face que le monde haïssent le plus que je fasse, y paraît.

Il a fermé les deux yeux pis il a inspiré en se remplissant la poitrine juste un peu trop, pour être bien sûr que je l'avais bien vu faire, pis tout de suite après il a expiré par le nez, en prenant bien soin que ça s'entende. Dur en sacrament, en effet, de faire mieux que ça, sans dire un seul mot, pour réussir à faire comprendre à quelqu'un, sans l'ombre du moindre doute, que tu le prends pour une viarge de cruche.

Il a regardé le ciel encore une fois, mais cette fois-là il a pas souri.
Il a parlé.

Pis je pense qu'en.
Non, je pense pas, je suis sûr.
Qu'en entendant le son de ma propre voix.
Les genoux ont passé à un cheveu de me manquer.

Il a dit.
Mon histoire a commencé tout d'un coup. Sans prévenir.
L'automne passé.
Ça a pris à peine cinq minutes et toute mon existence avait changé d'un bout à l'autre.
Le soir des élections.

Quand il a eu fini de réciter ça comme si ça avait été un poème classique qu'il avait appris par cœur, il m'a regardé encore une fois avec les sourcils en points d'interrogation.
Mais comme j'avais pas pantoute envie de me faire expliquer une deuxième fois de suite à quel point je

suis un épais, je me suis assuré qu'il se passait rien pantoute dans ma face à moi.

Il a attendu.
Pis quand il a eu fini par comprendre que non, je lui ferais pas le plaisir de lui répondre, il est monté sur le trottoir, sans me regarder.
Il est allé se mettre à l'abri de la pluie, dans le petit renfoncement, en haut d'une seule marche, qui donnait sur l'entrée du restaurant rien-de-moins-cher-que-la-peau-du-cul en rénovation.
Pis il est resté là.

J'ai fini par comprendre qu'il devait vouloir que j'aille le rejoindre.
J'ai fait les quatre pas.
J'ai monté la marche de ciment.
Pis.

Il m'a pogné par le devant du coupe-vent, pis il m'a contre-câlicé contre le mur, sa face à deux pouces de la mienne.

Juste le temps qu'il fasse son move, pis j'étais sûr et certain que j'étais sur le point de me faire sacrer la volée de ma vie.
Mais il m'a juste tenu là, collé contre le mur.
Ses yeux qui drillaient dans les miens.
Avec l'air d'avoir envie que je pogne en feu.

Pis tout d'un coup il a ouvert mon coupe-vent d'un grand coup sec, de toutes ses forces. En fait, il a. Scrapé, mon coupe-vent. Il a tiré tellement fort en même temps sur les deux côtés du devant qu'il a arraché le zipper, net. Là, il a plongé une main dans la poche de poitrine de ma chemise.

Pis il a sorti le papier. Le papier que je garde toujours là, avec un crayon, que j'ai toujours dans ma poche, depuis des années, à toutes les fois que je sors de chez nous. Au cas où il me viendrait une idée destinée à transformer le cours de l'humanité. Ou que je remarquerais quelque chose de particulièrement débile dont je voudrais absolument me souvenir. Ou au cas où il faudrait absolument que je note sans attendre une seule seconde de pas oublier d'acheter du papier de toilette pis des Q-Tips.

Il a mis la main dans ma poche, pis il a sorti le papier, plié en quatre.
Avec pas un maudit mot d'écrit dessus.
Il a sorti le papier. Mais pas le crayon.
Pis il me l'a mis dans' face. Vraiment dans' face.
Quasiment collé su l' nez.

Moi, je me suis mis à gigoter, à essayer de m'enlever de là.
Mais avec sa main qui me tenait encore, il m'a recollé le dos au mur pis y a dit.
Lis!

Mais qu'est c'est que tu veux que je lise, bout de viarge?! que j'ai pensé à tue-tête. Y a rien, sur l'ostie de papier, sacrament! Je le sais, qu'y a rien, c'est moi qui l'a pris dans le tiroir, avant de sortir de chez nous, pis qui l'a plié pis qui l'a mis dans ma poche!

Il a juste donné un autre coup, pis y a redit.
Lis!

J'ai arrêté de me débattre.
Pis j'ai jeté un œil sur la feuille pliée.

Elle était toute blanche. Pas un seul maudit mot d'écrit dessus – oooh que j'étais surpris, toi.

Regarde dans le coin à gauche, en haut. Pis lis! qu'il a dit.

J'ai.
C'est exactement ça que j'ai fait. J'ai regardé dans le coin en haut à gauche.
Pis au moment exact où mon œil est arrivé à la bonne place, j'ai vu.

Il est apparu un mot, sur le papier.

Calvaire que j'ai eu peur.
Tu connais l'expression Mon sang a glacé?
Moi, avant ce moment-là, j'avais jamais vraiment compris ce qu'on pouvait bien vouloir dire par là.

J'ai voulu détourner la tête encore un coup, rien que pour pouvoir respirer sans avoir sa face plantée devant le mienne, christ! mais il m'a encore repoussé contre le mur, encore plus fort que les fois d'avant, pis il a quasiment crié!
Lis! Ou bedon je te pète la tête su'es briques!

J'ai respiré par le nez.
J'ai regardé le carré de feuille. Tout blanc dans la lumière du vestibule du restaurant que les ouvriers avaient oublié d'éteindre.
J'ai fixé le coin.
Pis j'ai vu réapparaître le mot.
Cette fois-là, je me suis donné la peine de le reconnaître…
Mon.

Dis-lé! À haute voix!

Mon.
Que j'ai dit tout bas.

Continue!

J'ai juste tassé mon œil d'un tout petit minuscule poil,
en direction de là où y avait rien pantoute d'écrit, après
Mon, pis j'ai vu apparaître…
Histoire.

Dis-lé! Fort!

Histoire.

Continue!

J'ai continué.
A.

Dis-lé!

A.

Continue!

Pis comme ça, en faisant ben ben lentement trottiner
mon œil sur une feuille blanche huit et demie par onze
pliée en quatre, j'ai lu, un mot à la fois.

Mon. Histoire. A. Commencé. Tout. D'un. Coup. Point.
Sans. Prévenir. Point. Paragraphe. L'automne. Passé.
Point. Paragraphe. Ça. A. Pris. A. Peine. Cinq. Minutes.
Et. Toute. Mon. Existence. Avait. Changé. D'un. Bout.
À. L'autre. Point.

J'étais rendu à son doigt, qui me cachait la suite, si y
en avait une.

Recommence en haut!

Le. Soir. Des. Élections. Point.

Il s'est écrasé sur moi de tout son long. Comme si il allait se mettre à me frencher pis me rentrer la main dans les culottes.

J'aurais voulu disparaître.

Il a mis sa tête sur mon épaule.
Je sentais son souffle, chaud, dans mon cou.
J'ai eu l'impression qu'il relaxait. Mais juste juste un peu.

Pis d'un coup, j'ai entendu un murmure.
Pis là, t'as-tu compris?

J'ai même pas eu besoin de répondre. Juste penser à la réponse a suffi.
Non.

Il s'est décollé de moi aussi sec qu'il venait juste de se coller.
Il m'a re-rentré ses yeux dans les miens.
Pis il a dit. Tout bas. Pis le fait qu'il le dise tout bas pis tout doucement a rendu son ton encore plus insultant.
Estie de cocombe.

La seconde d'après, j'étais debout dans mon salon.
Pis l'eau dégouttait à pleins siaux sur mon tapis.

Pis lui, y était debout à côté de moi. Pis lui avec, y dégouttait.

Pis l'écran de mon ordinateur était allumé.

Pis Word était ouvert.

Mais y avait pas un seul mot d'écrit dessus.

J'ai regardé l'écran.
L'ordinateur.
Le clavier.
La page toute blanche affichée.
Le curseur qui clignotait.

Après ça, je l'ai regardé, lui.

Pis après ça, j'ai regardé l'écran encore un coup.

Il a dit.
Assis-toi.

J'ai compris qu'y voulait dire *devant l'ordinateur.* Mais ça avait pas de maudit bon sens. Mouillé comme j'étais là, ma chaise allait en avoir pour trois jours au grand complet avant de finir par sécher.

Assis, j'ai dit!

Il l'a jappé tellement fort que le cœur m'a manqué pis que tous les nerfs du corps m'ont refrisé comme des bouts de fil barbelé.
Mais tellement fort aussi qu'il m'est surtout apparu d'un coup sec une affaire énorme.
Énorme, mais qui avait même pas eu le temps de me frapper jusqu'à ce moment-là tellement j'étais reviré

à l'envers par la vitesse des événements pis par le côté pas possible de tout ce qui était en train de se passer.

Je me suis aperçu.
Que depuis la seconde où je l'avais vu apparaître.
Que depuis qu'il avait traversé la rue vers moi, en fait.
Il m'avait jamais rien demandé. Pas une seule affaire.
Non. Il m'avait jamais rien demandé.
Tout ce qu'il m'avait fait faire, il me l'avait. Ordonné.

Et puis que.
Pis ça, ça m'a envoyé un frisson de 550 volts à travers tout le corps.
Et puis que.
Lui.
Il l'avait pas été, surpris de se retrouver devant moi.
Pas une maudite miette.
C'était même lui qui s'était jeté dans le trafic pour venir me rejoindre !
Ça a fait.
Flash !

Oui, oui, je pouvais ressentir moi aussi ce que lui ressentait en recevant la pluie dans la face.
Mais ça changeait rien pantoute à un détail sacrément important.
C'était lui, qui avait foncé sur moi, pas le contraire !

Exactement au moment où je pensais ça, il y a encore une autre idée qui a fait explosion.
J'ai compris que si j'avais obéi à ses ordres, tête de cochon comme je suis, pourtant, c'était en maudite bonne partie tout simplement parce que j'avais su que j'avais pas le choix.

Mais pourquoi, j'avais pensé que j'avais pas le choix ?
Hen ?

Le mot m'a tout de suite pété dans le front.
Violence.
En gras. Souligné. Avec trois points d'exclamation.

J'ai réalisé pour la première fois à quel point la seule
affaire qui suintait de lui, de la tête aux pieds, même là,
là, debout dans mon salon, en train de me dévisager, la
seule chose qui émanait de lui, jusque dans sa manière
de se tenir debout mais surtout par les yeux, c'était la
violence. Une violence. Comment dire ça?
Crue!
À vif!

J'ai revu en accéléré tout ce qui s'était passé sur Saint-
Laurent. Sa manière de descendre de son trottoir, de
l'autre bord de la rue. Sa manière de foncer vers moi.
De se planter devant moi. De rire de moi. De passer à
un doigt de me péter la gueule.

Sauf que là, à ce moment-là, tout de suite, ça m'a fait,
encore plus fort.
Oh non! Non, non, non! Non, ça, la violence, non,
ça, ça, non!
Ça me ressemble pas, ça.
Pas ça. Pas la violence.
Pas une ostie de maudite seconde, pas une tabarnak
de miette.

La violence, j'haïs ça.
De toutes les cellules de mon corps.
Pis dans n'importe quelle situation qu'il peut m'arriver,
je vais l'éviter de toutes les manières que je vais pouvoir
inventer.
Alors il peut pas être question que ce gars-là soit moi et
que lui, non seulement il l'évite pas, la violence, mais

qu'il m'ait même foncé dessus rien que pour le plaisir
de se déchaîner!
Non!

Ça fait que.
Attends, attends. Attends menute.
Non, mais qu'est c'est qui est en train de se passer, là?
C'est quoi, ça là, là?
Il m'apparaît?
Il est tellement pareil comme moi qu'il sait à quoi je
pense à chaque seconde?
Pis que moi, je sais même l'effet que la pluie en pleine
face lui fait à lui?
Il fonce sur moi?
Il me donne des ordres?
Pis j'obéis parce que j'aurais peur... de la violence qui
a l'air d'être en train de le faire flamber sur pattes?

Jamais de la vie!
Ça marche pas!
Si la violence me ressemble pas à moi, a peut pas y
ressembler à lui non plus!

Donc... c'est pas de la violence, ce qui fuse de lui?
Ok. Ben d'abord?
C'est quoi?!

Je l'ai regardé.
Et.
Stupeur.

Lui aussi, me regardait.
Mais il était plus choqué du tout.
Il avait l'air.
De m'attendre.
D'attendre que j'aie fini de réfléchir.

Il avait encore l'air aussi bête comme ses pieds que deux secondes avant, mais.

C'était clair comme de l'eau de roche que, pour lui, la balle, à cette seconde-là, était dans mon camp à moi.

J'ai continué de le regarder.
Et petit à petit, y a une idée qui a lentement émergé du brouillard. Pis qui a fini par devenir solide.
En fait, une question. Pas une idée, une question.

Si c'est pas de la violence... ?
Quoi d'autre que la violence pourrait me mettre, moi, dans l'état d'avoir l'air de ce qu'il a l'air, lui ?

Pis paf, c'est reparti comme une bombe.
Même pas le temps de la penser au complet, ma question, que la réponse me sautait déjà dans la face.
Quoi d'autre ?
Ben voyons donc ! Tu viens d'en avoir un exemple parfait y a même pas cinq minutes !
Au moment où les trois chars ont foncé sur lui, sur Saint-Laurent !
Juste juste avant que tu fermes les yeux !
À la seconde où t'as passé à un cheveu de lui crier à tue-tête Tasse-toi, sacrament !
À cette seconde-là, ce qui t'a traversé le ventre avec la force pis à la vitesse d'un éclair, qui a déclenché ton envie de crier, c'était ça, exactement ça !
Imagine-toi la face que tu devais faire, à la seconde précise où t'as réalisé que t'avais même pas le temps de crier. Tu penses pas qu'elle devait ressembler en simonak à celle que lui il te fait là ? Hen ?!

Ben oui.
C'était ça.

C'était ça, ce qui suintait de lui.
Pas la violence, non. Jamais de la vie.

L'urgence.

Clink.
Tous les morceaux du puzzle ont arrêté net de swigner.
Pis j'ai vu très exactement ce qui était en train de se passer. En même pas une seconde. J'ai pas *pensé* à la réponse que je venais de trouver, je te le jure. Je l'ai *vue*.

Ce que le corps, les yeux, les gestes, la démarche, le port de tête et l'arrogance de ce gars-là hurlaient, c'était.

C'était.
Danger.

Énorme danger.

C'est-tu ça ?

Cette fois-là, c'est moi, qui a vissé mes yeux dans les siens pis qui s'est mis à driller.
C'est-tu ça ? Hen ? Un danger ? Un énorme danger ?

Il bougeait pas.
Pas un battement de cils, rien.

J'ai continué à réfléchir. À toute allure.

Non !
Non, non, ça pourrait même être encore plus que ça.
Attends, attends, attends.
C'est pas juste un énorme danger.

Clic !

C'est pas juste un énorme danger certain… parce que le danger, moi, dans ma vie à moi, je m'en sacre !
Je m'en crisse, du danger !
Si on m'apprenait que ma cibole d'existence épaisse va s'éteindre dans même pas deux minutes, la seule affaire que j'aurais à dire à l'univers ce serait.
Merci. Bonne nuit.

Sauf que ça non plus, c'était pas encore complet.
Parce que oui oui je m'en crisse, du danger, ok… ouan, mais que je m'en crisse rien que… pour moi.

Paf !
Là, la lumière s'est allumée !

Ce qui l'animait, le gars, ce qui lui sortait par tous les estie de pores de la peau, pis qui dégouttait de lui à chaque fois qu'il bougeait, pis même quand il bougeait même pas, c'était un sentiment d'épouvantable urgence. D'épouvantable urgence, face à un épouvantable danger, right… mais qui le concernait pas, lui. Qui me concernait pas, moi. Non. Un danger. Encore mille fois pire que ça.

C'est ça !

Je venais de comprendre que ce qui était en train de se passer là, c'était pas juste une espèce de jeu entre lui pis moi.
Oh que non, pas un jeu pantoute. Pas juste entre nous deux du tout.

Il était pas violent, il était pas en tabarnak, il était juste pressé.
Terriblement pressé parce que, quelque part, sur quelque chose, quelque chose d'infiniment plus

important et d'infiniment plus précieux que ma petite vie épaisse à moi, il planait un danger. Un danger terrifiant.

L'éclair de compréhension a été tellement brûlant que la situation pas possible dans laquelle je me trouvais a perdu toute son importance d'un coup sec. Pouf, envolée!

J'ai arrêté net d'être étourdi par ce qui s'était passé pendant les dernières minutes.
Pis toute mon attention a été happée, d'une seule bouchée, par la question de savoir... quoi?
Qu'est-ce qui pouvait bien être en danger à un aussi terrible point?

Je le savais pas, Jen, *qui* c'était, ce gars-là.
Ou bien je savais pas *quoi* il était.
Mais tout d'un coup, je m'en sacrais.
Il pouvait ben être mon ange gardien, un envoyé de mon inconscient ou ben un cauchemar que j'étais en train de faire, je m'en contretabarnaquais.

Qui qu'il soit, quoi qu'il soit.
Il venait de me peser sur un piton.
Un piton auquel jamais personne, même pas moi, avait jamais dans ma vie touché avant ce soir-là.
Dont je m'étais même jamais douté qu'il pouvait en exister un pareil.

Je me regardais en pleine face.
Pis je savais que j'avais raison, autant que si je m'étais regardé dans un miroir.
La seule affaire au monde qui pourrait me mettre dans un état pareil à celui dans lequel se trouvait le gars que je dévisageais là, ce serait un danger qui

menacerait la chose au monde la plus importante qui soit à mes yeux.

Et cette chose-là *n'était pas* ma vie.

J'ai laissé le point d'interrogation me monter dans' face, comme un gros ballon de plage qui me serait parti du fond du ventre. C'est-tu ça? Ce que je viens juste juste de penser là, c'est-tu ça? Qui est en train de se passer? Hen? C'est-tu ça?

Planté au beau milieu du salon, pas une lumière d'allumée, dans juste la lueur qui venait de l'écran de l'ordinateur, je le dévisageais. Pis lui avec, me dévisageait. Pis c'est sûr qu'il avait écouté tout ce à quoi je venais de penser là en une fraction de seconde.

Je le dévisageais.
Mais y avait rien qui bougeait, dans sa face.

Sauf que tout d'un coup, toujours en le regardant, j'ai eu l'image d'une bouilloire qui va péter si tu l'éteins pas im-mé-dia-te-ment.

J'ai pris ça pour un oui.

Ce qui fait que.
Il me restait plus rien qu'une seule question à répondre.
Rien qu'une.
Mais la plus importante de toutes, évidemment.

De quoi y s'agit?
C'est quoi?!
Qu'est-ce que ça peut bien être, la chose infiniment plus importante que ma vie à moi, pis qui court un si terrible danger?

Quoi?
Quoi?!
Qu'est c'est, que je trouve important?
Vraiment, important?
Dans le monde?
Quoi?!

Je me suis mis à me le demander tout en promenant mon regard sur son visage.
Je montais jusqu'au front.
Je redescendais jusqu'aux lèvres, jusqu'au menton.
Je m'attardais aux oreilles, je détaillais le bout du nez.
Je me promenais dans ses yeux.
Comme si j'avais essayé de déchiffrer une carte au trésor écrite dans une langue que j'avais jamais vue de ma vie.

Quoi?! C'est quoi?!

Pis tout ce que j'avais sous les yeux, c'était rien d'autre qu'une bouilloire qui bouillait.
Qui bouillait.
Tellement, qu'elle en shinait dans la pénombre.
Tellement, qu'elle était en train de virer au rouge brique.
Une bouilloire qui allait péter. C'est sûr. Encore une menute, même pas, pis tu vas l'avoir drette dans' yeule.

C'est quoi?!
Trouve!
Trouve!

Mais.
Je trouvais pas. Rien.
Rien.
Il me venait pas la moindre image qui aurait sonné juste.

Oh, y avait des flashs qui passaient, ça oui, oui, oui. Y avait des flashs, super forts, aveuglants, même, qui passaient, ça oui, you bet qu'y en avait. Y en avait plein. De toutes les sortes imaginables. Des ribambelles. À plus finir. Y en avait tellement qu'en dedans d'une pinotte, j'en ai eu le cœur qui revirait à l'envers. Des têtes de monde que j'aime. De toutes sortes. Du monde tellement beaux, de toutes les estie de manières imaginables, que, en dedans de moi, ils dessinent à eux autres tout seuls la définition même de la splendeur d'exister. Du monde que. Que, toute ma crisse de vie, de mille et douze manières, j'aurais tellement voulu pouvoir aider. Encourager. Remercier. Ou juste regarder aller, de levers du jour en crépuscules, jusqu'à la fin des temps. Pis ça aurait été plus qu'en masse pour justifier l'apparition de la vie sur Terre. Du monde à qui j'ai tellement souvent, à qui j'ai toujours voulu pouvoir arroser les jours, s'ils avaient été des fleurs et que j'avais réellement été la pluie. Mais j'ai jamais su comment. Et puis de toute façon ils étaient, avant même ma présence dans leurs jours, déjà tellement beaux que j'avais pas le droit de rien changer à ce qu'ils étaient! Sans compter que j'ai toujours eu ben plus peur de les piétiner, d'écrapoutir les plates-bandes de leurs rêves que d'aider pour de vrai. J'en ai vu passer trente, cinquante, cinq cents, à toute allure. Des têtes. Venues de la semaine passée ou venues de quand je me promenais encore en couches, ou venues du secondaire, ou du temps du baseball. Des faces de monde à qui j'ai jamais su dire à quel point leur existence est précieuse. Y a eu des flashs du goût de la vie, des flashs de moments qui t'arrachent les tripes quand tout d'un coup tu vois quelqu'un faire un tout petit geste de tendresse. Ou qu'il passe, juste dans le coin d'un œil, un miroitement d'extase douce. J'ai vu. J'ai vu une tonne, non, cent tonnes d'images passer dans tous les sens, de toutes les couleurs.

De toi, Jen! De toi! À la fête de Ti-Zoune, quand t'as chanté la chanson d'Édith Piaf! Pis que tout le monde en est resté ébahi. La beauté, en dedans de toi, qui t'illuminait le visage comme si tu avais eu une ampoule de deux cents watts à la place du cerveau, fille, c'était... à tomber assis.

De Pedro! Tu te rappelles de la face qu'il a faite, quand il s'est réveillé après son opération... pis qu'il a compris qu'il était toujours vivant?

De Ti-Jean! Quand il a pris pour la première fois sa petite Andrée dans ses bras, à l'hôpital?

En quelques instants, j'en ai vu, des flashs, des tas, des montagnes pis des masses. Ça pétait dans tous les sens. Un feu d'artifice comme jamais personne en a jamais vu!

De pure tendresse.

Mais pas une!

Pas une seule!

Pas une seule de toutes ces images-là a fessé à la bonne place!

Tu te rends compte?!

Pis lui, lui, lui! Le gars!

Sa face bougeait toujours pas.

Coulée dans le béton!

Un masque de momie!

J'en revenais pas!

Si lui il réagissait pas, ça voulait dire que. Que. Que.

Que l'affaire qui était tellement en danger que lui se transformait en bombe humaine, dans le seul vrai sens du mot, était.

Était encore plus importante que tout ce qui me passait là par la tête?

Mais ça se pouvait pas!

Tout ça, tout ce que je regardais défiler là, c'est la moelle même de la vie, tabarnak!

Quoi?!
Quoi?!
Qu'est c'est qui peut ben y avoir d'encore plus important que ça?!
Réponds!
Donne-moi un indice, calvaire!

Mes idées se débattaient dans tous les sens, elles couraient comme des perdues, elles reviraient à l'envers tous les tiroirs de ma mémoire.
Mais en même temps, elles étaient comme. Comme prises dans une camisole de force. Elles forçaient. Elles grognaient. Elles se débattaient.
Ça se pouvait pas, ça se pouvait pas que rien, que pas une seule de toutes ces montagnes d'images là fasse bong!

Mais. Bon.
J'ai bien fini par me rendre compte que ça servait absolument à rien, de me débattre de même.
À rien pantoute.
La tête pis la gorge allaient me fendre en deux.

Ça fait qu'à un moment donné, j'ai arrêté.

Y avait pus de flashs, y avait pus rien.
Dans ma tête, je veux dire.
Ma respiration s'est calmée.
Pis j'ai juste continué à écouter en dedans de moi, mais ben ben calmement, si j'aurais pas oublié une splendeur cachée en arrière d'une colonne, tapie dans l'ombre.

Ce qui fait que. Que d'un coup, y a pus rien eu pantoute.
Même pus l'errance de mon regard sur ma propre face qui me regardait.

Pis c'est là que.
Que je me suis aperçu que.

Je sais pas pantoute à quel moment ça avait commencé. Mais au moment pile où j'ai arrêté de me débattre pis de chercher comme un perdu, en tout cas, à l'instant exact où l'idée s'est formulée tout bas dans ma tête comme si j'avais peur de l'entendre que non, non, je l'avais pas, la réponse, pis que j'ai aussi arrêté d'en chercher l'écho sur sa face à lui, je me suis aperçu que ça y était.

Que la bouilloire avait commencé à fondre.

Son visage.
Y avait pas bronché.
Y avait pas un seul du plus petit de ses muscles qui avait même juste tressailli.
Son regard avait pas dévié, pas de la moindre infime miette.
Sauf que.

Sauf que là, son visage, il était en train de virer au blanc.
Blanc comme de la farine.
Je le voyais, sous mes yeux, se vider de son sang, son visage, blanchir de plus en plus de seconde en seconde.
Se transformer devant moi en.
En fumée.
Ou en marbre.

Ce que je voyais là, c'était.
C'était la vie en train de se retirer de lui.

Je voyais la vie s'éteindre.
Dans ma face à moi.
Je me regardais m'éteindre.

Sans avoir trouvé ma réponse.

Sans être parvenu à nommer ce qui, à mes yeux, est le plus important de tout.

🖐

Ce moment-là non plus, je sais pas combien de temps il a bien pu durer.

Mais longtemps, lui aussi, en tout cas. Ça, je suis sûr.

On est rien que restés là, tous les deux, à continuer de se regarder.

En dedans de moi, c'était Waterloo morne plaine à perte de vue.
Et quelque chose comme l'approche de la fin des temps.

Rien d'autre qu'un grand vent doux, chaud, sec, qui soufflait d'un bout à l'autre, en dedans de moi, d'un horizon à l'autre.
Doux, chaud, sec. Pis corrosif comme de l'acide.
Qui puait pire que le désespoir.
Et qui répétait en soufflant *je ne sais pas je ne sais pas ce qu'il peut y avoir d'assez important dans l'univers entier pour me mettre dans un état pareil.*

J'ai aucune espèce d'idée de ce que, pendant que je pensais ça, il pouvait y avoir à lire sur les traits de ma face.

Ce qui fait que je n'ai aucune espèce d'idée de ce que lui était en train de dévisager en me regardant.

Dans l'autre sens, en revanche, je peux parfaitement te dire ce que moi je regardais sur ses traits à lui. L'expression du vertige le plus hallucinant qu'il m'ait jamais été donné de contempler.
Le mien.

✥

Cette fois-là, c'est moi qui a cassé le silence.

J'ai murmuré, tellement tout bas que je suis même pas certain de m'être entendu moi-même.

C'est quoi?

Pendant un petit bout, ça a été comme si il m'avait pas entendu.
Ou qu'il refusait de me répondre.

Jusqu'à temps que je remarque le mouvement qui montait pis qui descendait dans sa gorge.
En le voyant, le mouvement, j'ai compris.

C'était pas qu'il voulait pas répondre.
C'était juste qu'il attendait d'être capable de le faire.
Je veux dire. Physiquement, capable. Sans choker.

✥

Quand il a eu fini par pouvoir parler sans s'étouffer, il a dit ce qu'il avait à dire aussi tout bas que moi je venais de faire.

Peut-être même que j'ai juste vu ses lèvres bouger pis que j'ai juste déduit de leur mouvement ce qu'elles essayaient d'exprimer, je sais pas.

Il a juste murmuré.

Assis-toi.
Pis lis.

J'ai ôté mon coupe-vent.

Je l'ai crissé à terre.

Pis je me suis assis.

J'ai tout de suite regardé dans le coin de l'écran, en haut à gauche.

Pis y est apparu un mot.

Mon.

Pis, juste à sa droite, quand mon œil s'est déplacé, un autre.

Histoire.

Pis un autre, encore plus à droite.

A.

Commencé.

Pis j'ai continué à lire.

Quand j'ai eu fini de lire, j'avais les yeux qui me brûlaient autant que si je m'étais vidé dedans des pleines cuillerées à soupe de Drano.

Pis j'avais tellement faim, tellement soif, pis tellement mal dans tout le câlice de corps que j'avais la bouche en papier sablé pis que le ventre me déchirait à en avoir juste envie de casser en deux pis de me mettre à japper comme un loup.
Mais j'avais pas la force.
Même pas celle de me rendre jusque dans' cuisine pour prendre un verre d'eau.

Je me suis juste relevé la tête de devant l'écran.

J'étais tellement rempli jusqu'aux oreilles des images que je venais de voir, dans lesquelles je venais de vivre, que si j'avais eu le courage, je me serais mis à hurler à pleins poumons pis je me serais arraché toute la peau du corps.

Mais non. Me suis juste laissé tomber à terre.

Pis je me suis endormi là, sur le tapis, au pied de ma table pis de ma chaise.

Quand j'ai fini par me réveiller, je me suis traîné, à genoux pis sur le ventre, jusque dans la cuisine.

Il était là, debout, les fesses accotées sur le bord du comptoir.
Il avait l'air de m'avoir attendu.

Je me souviens d'avoir été intrigué, mais vraiment tout bas, de très très loin, par un tout petit détail. Y a fallu

longtemps avant qu'il me revienne à l'esprit, plus tard.
Et encore bien plus longtemps, après ça, pour que je
finisse par comprendre ce qu'il avait bien pu signifier.
Un petit fait tout simple.
Lui, contrairement à moi, était encore mouillé comme
une moppe.

J'ai essayé d'attraper son regard avec le mien.
Mais il fuyait.

Il regardait à terre, à côté de moi.

Il a pris un verre dans l'armoire, il l'a rempli pis il me
l'a donné.
Je l'ai vidé d'une traite pis je le lui ai redonné pour
qu'il me le remplisse tout de suite.

Il l'a rempli. Pis il l'a remis dans ma main en disant.
Fais attention.
Bois pas trop d'un coup, tu vas te rendre malade.

Il est sorti de la cuisine.
Pis quelques secondes après, j'ai entendu la porte de
dehors se refermer.

En me pognant après les armoires pis le bord du
comptoir, j'ai réussi à me soulever assez pour être
capable de rejoindre le lavabo pis remplir mon verre
tout seul. J'en ai bu six ou sept. Jusqu'à temps que je
me mette à vomir de la bile.

Quand j'ai été juste un peu replacé, j'ai réussi à
retourner dans le salon.
Pis je t'ai appelée.
J'ai pas eu à chercher qui, appeler. Ton nom a surgi
tout seul. Ça allait de soi.

J'avais la voix comme une route de garnotte au mois d'août, pis ça me prenait tout mon petit change à chaque estie de mot de trois tonnes que j'essayais de sortir.

J'imagine que tu t'en rappelles.
Je t'ai expliqué que je venais d'être très malade. Je t'ai demandé de m'apporter de quoi à manger, si te plaît. Assez pour une couple de jours. Pis Je te rembourserai quand j'irai mieux, ok?

Quand je t'ai ouvert la porte, tu t'es mise à crier de peur, en me voyant.

Tu voulais absolument rentrer. Tu poussais sur la porte, pour essayer de passer.
Mais j'ai dit non.

Pis je pense que mon ton, en le disant, a été beaucoup trop dur.
Bien plus que je voulais, en tout cas.
Ça, ç'a eu l'air de te faire encore plus peur que de quoi j'avais l'air.

J'avais pas envie de parler. Ni de voir personne.
Tu comprends?
J'avais juste envie de. De continuer aussi longtemps que possible à baigner dans les images qui malgré les crampes pis l'épuisement me dansaient dans la tête, dans le corps pis dans le cœur.

Je t'ai promis que je te rappellerais quelques jours plus tard.
Pis t'as fini par accepter.

J'ai mangé un peu.

J'ai bu de l'eau.

J'ai dormi.

Pis dormi.

Pis mangé.

Pis à un moment donné, ça a été mieux.

J'avais la barbe plus longue que je l'avais jamais eue.
Pis j'étais tellement cerné que j'avais l'air d'un panda.
Le côté cute en moins. Un petit côté cadavre en plus.

Pis tout ce temps-là, pendant tous ces jours-là, à mesure
que je revenais ben ben lentement, à chaque fois que
je regardais mon lit, ou bedon mes pieds, ou bedon les
rideaux, ou bedon que mon regard faisait le tour de
la cuisine ou bedon du salon, ou ben que je pognais
le fix sur ce que j'étais en train de manger, ou ben sur
le dedans de la douche, c'était à peine si je voyais ce
que je regardais.

N'importe où que mes yeux se posaient, partout, tout le
temps, même dans mes rêves, quand j'ai recommencé
à en faire, les seules affaires que je voyais, c'était.

L'histoire.
Des bouts, des moments de l'histoire que j'avais lue.
Dans laquelle je m'étais promené.
Que j'avais vécue.
Qu'on m'avait racontée.
Ou même que moi, j'avais racontée.

Les images dansaient.
Éclataient.
S'emmêlaient.
Pis repartaient dans tous les sens.

Un kaléidoscope de vies.
Un.
Un océan.

De passions.
De quêtes.
De rêves.
D'espoirs.
De douleurs.
De combats.

Et surtout. Surtout. Partout. Juste une.

Deux gars.
Deux jeunes gars, super beaux.
Assis dans un petit café.
Qui se tiennent par la main.
Tout d'un coup, un des deux fait un petit signe à
l'autre.
L'air de dire.
Attention, ça y est... cue !
Et à ce moment-là.
À la seconde précise.
Où le doigt du gars tape sur la table.
Quelque chose fait explosion.
Tout près de là.
Une déflagration. Énorme.
Tout se met à brasser, dans le café.
Comme pendant un tremblement de terre.

Les verres pis les tasses sur les tablettes, se mettent à
se promener.
La vitrine se secoue tellement qu'on jurerait qu'elle va
péter en mille morceaux.
Les clients se lèvent tous.
La bouche ouverte.
Le cœur arrêté net.
Le serveur laisse tomber son cabaret.

Et puis, une fois que tout le monde s'est sauvé.
À part les deux gars assis face à face.
Celui qui a donné le petit coup de doigt sur la table.
Dit doucement.

Aie pas peur.
T'es pas en danger.
Tant que je suis là.
T'es pas en danger.

Ah oui. Cette image-là.
Cette image-là.
Pour jusqu'à la fin de ma vie.

Et puis celle.

Celle des trois petits gars.
Au fond du tunnel en grosses pierres.
En grosses pierres avec de la mousse.
Au fond du tunnel éclairé aux flambeaux.
Les trois petits jumeaux.
Collés après le vieux monsieur.
Qui a une petite calotte noire sur la tête.
Pis qui porte une redingote noire.

Et qui, tous les quatre, regardent un portrait accroché
sur le mur du tunnel.

Pendant qu'à quelques pas, il y a.
Un homme.
Un homme jeune.
En kimono.
Qui les regarde faire.
Et qui a l'air triste.
Triste à s'éteindre.
Triste à fondre.
Triste à disparaître.

Aussi triste que la femme noire.
Qui s'approche doucement.
Et qui tout d'un coup se met à bouger.
À danser.

Et puis.

Et puis un gars.
Sur le toit d'une maison à appartements.
Tout seul.

Qui s'entraîne au tennis sur les gros ventilateurs.

Un homme des cavernes.
Qui court tout nu dans la neige.

Et puis.
Et puis l'horreur à l'état pur.

Juste une image.
Une.
De même pas une minute.

Et on se dit que.
Que.

On se dit.

Non.
On se dit rien du tout.

On se tait.

Un jeune homme, l'air épuisé, la barbe pas faite, en uniforme crotté, à cheval, qui galope pour traverser l'enfer. Pour traverser, avec ses hommes, un avant-poste de l'enfer. De la boue et des restants d'arbres calcinés, partout. Un vacarme incessant de coups de canons. Des camions de toutes les grosseurs et de toutes les shapes imaginables, arrêtés dans tous les sens. Des rangées de tentes de grosse toile, à l'infini. L'embouchure de longues tranchées, qui partent d'ici et qui rayonnent vers l'horizon. Une odeur pire que celle d'une fosse commune à ciel ouvert. Des milliers de jeunes gars, au teint vert des morts-vivants, avec des casques d'acier sur la tête, en formations de toutes les sortes, en files indiennes, en carrés, à deux de front, six, huit, qui avancent au pas, baïonnette au canon de leur fusil, sans même regarder où ils vont. Tout d'un coup, le jeune cavalier tire un grand coup sur la bride de son cheval. Il vient d'apercevoir quelque chose, du coin de l'œil. Une vision magnifique. Mais il est tellement fatigué que ça a pris un petit moment pour que l'image se rende jusqu'à son cerveau. Il arrête son cheval, lui fait faire demi-tour. Et là, à quelques dizaines de pas de lui, il aperçoit la preuve de ce qu'il n'a pas rêvé. Il reconnaît quelqu'un. Qui le reconnaît aussi.

Et, tout lentement, un sourire se lève sur son visage. Comme on dit que le jour se lève sur un paysage enchanteur. En un instant, les cadavres décapités des arbres noir charbon, les hurlements des blessés et des mourants, l'odeur de pus et de poudre, le son gluant des milliers de pieds qui pataugent dans la boue, les détonations monstrueuses, le vacarme des moteurs qui démarrent, qui roulent, qui s'arrêtent, qui repartent – rien de tout ça a plus la moindre importance. Le jeune gars assis sur son cheval sourit. Sourit. Et il fait tellement clair, dans son sourire, l'air est tellement pur, il fait tellement beau, qu'on a l'impression que tout ce qui n'est pas son sourire va partir en fumée, va s'évanouir dans l'air. Il est tellement chaud, son sourire, il est tellement tendre, qu'on a la certitude que le cauchemar qui s'étend à perte de vue, dans tous les sens, partout autour de lui, ne peut plus rien faire d'autre que se mettre à se désagréger, à s'effilocher, pour être enfin emporté par le vent – pour lui laisser toute la place.

Sauf que. Deux secondes se passent. Et tout à coup il y en a une encore plus grosse que les autres, une énorme explosion, juste derrière le jeune cavalier et sa monture. Une grosse explosion qui fait monter en l'air, en bouquet, des gerbes de boue et de roche comme, par une nuit de pluie d'automne, une voiture qui passe à toute allure fait se lever des gerbes d'eau.

Et puis. Une fois que la gerbe est retombée. La tête du jeune cavalier n'existe plus. Elle a été remplacée par un geyser de sang.

Et par le hurlement de douleur de l'homme qu'il venait à peine d'apercevoir.

Le hurlement qu'on n'entend pas.

Parce que les canons font trop de vacarme.

Cette image-là.
Oui.

※

Et puis.
Et puis des milliers d'autres.

Qui me restent de l'histoire que je viens de lire.

Des milliers, une infinité.

Partout où se posent mes yeux.

Jusque sur mes toasts.

※

Une nuit, je me suis réveillé, couché sur le sofa.
Pis j'ai senti tout de suite que là ça y était, que j'étais
replacé.

Je me sentais. Comme si je revenais tout juste d'un
voyage pas possible.
Comme si j'étais revenu la veille ou l'avant-veille pis
qu'après une bonne nuit de sommeil je venais d'un
coup sec de me débarrasser du décalage.

J'ai pris le temps de prendre une vraie bonne douche
pour vrai. Pis de me raser.

Je me suis installé devant l'ordinateur.
Je me suis préparé à pitonner.
Je pense que je devais avoir envie de prendre des notes
tout de suite, avant de commencer à oublier.
Comme, des fois, on est pris par l'envie de faire rentrer
tout l'océan dans une tasse à café.

Sauf que.

Sans faire vraiment attention, plus par habitude que d'autre chose, j'ai jeté en passant un regard en bas, dans le coin de l'écran, sur l'horloge, pis.

J'ai vu la date.

Je suis parti en courant jusque dans la cuisine, prendre la facture, pinnée sur le frigidaire, que t'avais laissée dans les sacs d'épicerie pis que j'avais gardée pour pouvoir te rembourser.

La date ! La date, sur la facture !

J'ai réalisé que j'avais lu, non-stop, pendant.

Pendant trois semaines moins un jour.

CHAPITRE VIII

Où il est question des conséquences d'une lecture

J'aimerais bien être capable de te décrire en deux ou trois images rapides et punchées l'effet que ça m'a fait, de me rendre compte que ma lecture avait, de ce côté-ci du monde, duré presque trois semaines complètes.

Mais c'est pas possible.

C'est pas possible, parce qu'au moment où j'ai pris conscience du temps qui s'était écoulé pour mon corps, il s'est passé beaucoup trop de choses en même temps.

Trop de choses d'ordres trop différents. De trop de couleurs, de trop de saveurs différentes. Trop d'éléments de la représentation que je me fais de lui, le monde, et qui ont tous changé de place et reviré de bord à la même seconde.

Il paraît que ça a pris des siècles à l'humanité, avant de commencer à vraiment digérer l'idée que non, la Terre est pas au centre de l'univers.

Mais moi, je les avais pas, les siècles.
Pis ce que j'avais à digérer était autrement plus défrisant que la question de savoir si le Soleil tourne ou pas autour d'une boule bleue.

Mais bon.
Il faut bien commencer quelque part. Alors com-
mençons donc par ce bout-ci.

Un des coups les plus hallucinants que j'ai ressentis à
ce moment-là, quand je me suis retrouvé à contempler
la facture du magasin avec l'air d'être au bord de
m'évanouir, il a été double.
Je veux dire par là que j'ai bel et bien ressenti deux
coups différents, mais qu'ils étaient en même temps
complètement inséparables un de l'autre.
Comme deux chocs reliés par une penture, si tu
veux.

Il y a eu d'abord que j'ai pas été surpris du tout.

Et puis il y a eu ensuite qu'à cet instant-là, j'ai tout de
suite compris qu'il allait falloir que je me mette très
sérieusement à m'inventer une histoire à raconter à
tous les gens que j'allais croiser dans l'avenir.
Tous.
Tous, Jen.
Alors que rien, avant ça, dans ma vie, m'avait jamais
préparé à un jour mener une vie d'espion ni plus ni
moins que coincé en territoire ennemi.

Eh non. J'ai pas été surpris. Pas du tout.

Ou plutôt oui, je l'ai été. Mais pour une raison qui est
complètement le contraire de tout ce que tu pourrais
t'imaginer.

J'ai pas été surpris par le fait que le voyage insensé que je venais de faire là m'avait pris trois semaines, en temps compté de ce bord-ci du rideau.

Mais à partir du moment où, pendant mon voyage, les cadrans avaient continué de tourner, oui, j'étais surpris. Surpris de pas plutôt avoir, au réveil, cinq fois l'âge de Mathusalem. Ou de pas être revenu dans un monde où l'humanité aurait amplement eu le temps, depuis mon départ, de se faire pousser des yeux sur pédoncules.

Parce que, vois-tu, je suis convaincu que si ce que j'ai commencé à lire cette nuit-là avait été imprimé sur du papier, il m'aurait peut-être fallu, je niaise pas, au bas mot quelques siècles pour passer à travers.

Est-ce que tu comprends ce que je te dis là ?
Je te dis que mon corps a lu pendant trois semaines.
Mais que mon esprit, lui, a lu pendant des dizaines et des dizaines d'années.
Peut-être même pendant des siècles en entier.
Sans niaiser.
Je te le jure.

Ce qui fait que je me retrouve aux prises avec une question pour laquelle je n'aurai très vraisemblablement jamais de réponse.
Pourquoi trois semaines moins un jour ?
Pourquoi pas plutôt dix minutes ? Cinq cents ans ? Ou vingt mille ?

Ce serait sans doute intéressant de l'apprendre.

Tant pis.

De toute manière, au fin fond, je peux vraiment pas dire que, comparée à ce que j'ai appris et vécu pendant mon voyage, cette question-là me chicote le moins du monde. Elle est tellement loin sur ma liste de priorités qu'il faut des jumelles pour la trouver.

D'autant plus que je sais pertinemment que c'est le propre de ce récit-là de mettre chacun de ses narrateurs aux prises avec une énigme insoluble pour lui.

Peut-être qu'un prochain narrateur, lui, découvrira la réponse en deux coups de cuillère à pot? Peut-être qu'elle lui sautera carrément aux yeux? Peut-être qu'il l'a même déjà trouvée? Comme moi je trouve tellement simple de répondre aux questions d'André, par exemple, alors que lui s'est acharné sur elles, a pioché sur elles comme un damné, durant des années et des années sans même jamais commencer d'apercevoir ne serait-ce que l'ombre d'une amorce de réponse? Ce sera peut-être la même chose pour ma question à moi? Qui sait?

Le deuxième choc, lui, celui de l'histoire que j'allais être obligé d'inventer et de répandre autour de moi, il était à tiroirs. Je veux dire que c'était un choc composé de plusieurs chocs différents.

Celui-ci, par exemple. Quand je suis allé, aussitôt que j'ai pu, et au triple galop, porter mon chèque de loyer à mon propriétaire, avec deux semaines et demie de retard, j'ai tout de suite vu dans ses yeux qu'à son avis je venais de passer à un tout petit cheveu d'avoir de très gros ennuis. Et j'ai tout de suite réalisé qu'il faisait là une erreur. Une très très grosse erreur.

C'était lui qui venait de passer à un tout petit poil d'en avoir d'un genre tout à fait inédit, des ennuis. D'un genre, même, en fait, que je le crois pas du tout capable d'imaginer.

S'il s'était avisé, pendant mon voyage, d'ouvrir la porte de mon appart avec son trousseau de clés à lui, qu'il m'avait découvert plongé dans ma lecture et. Qu'il avait tenté de m'en tirer. Je pense que ça aurait été extrêmement malsain pour sa santé mentale à lui. Bien plus que pour la mienne.

J'ai croisé sur mon chemin, ici et là, au fil de l'Histoire, quelques évocations de ce qui peut arriver quand un étranger tente d'interrompre le récit. Et je crois pas du tout que monsieur Longpré ait la santé pour supporter une surprise comme celle qu'il aurait risqué de se faire faire là.

Mais en tout cas c'est sa réaction à lui qui m'a mis la puce à l'oreille. Si j'ose dire. Parce que ça fait une puce d'un méchant gabarit.

C'est pour ça que j'ai réagi au quart de tour. Une fois n'est pas coutume. Je lui ai servi la même excuse que j'avais commencé à utiliser avec toi au téléphone pis après ça à la porte. Malaise soudain et aigu. Deux semaines aux maudites urgences inhumaines, couché sur une civière, un flacon de soluté plogué dans le bras, à me faire bardasser comme une poche de patates d'un couloir à l'autre. Sur le bord de crever. Pas une idée assez claire pour chercher à rejoindre qui que ce soit qui aurait pu le prévenir. Désolé, vraiment. C'est vraiment super gentil de votre part d'avoir été aussi patient.

Sauf que cette excuse-là elle pouvait servir juste une fois.
Il allait donc falloir que je m'en invente une qui, elle, serait réutilisable aussi souvent que j'en aurais besoin.

C'est de là qu'est venue mon idée d'avoir une cousine à Moncton.
Dans le genre subtil, on repassera.
Une cousine totalement inconnue de moi jusqu'à il y a encore quelques semaines à peine. Et qui a tellement envie d'apprendre à me connaître.

Elle s'appelle Paule, au cas où ça t'intéresserait de le savoir.
C'est beau Paule.
C'est un prénom que j'ai toujours énormément aimé.

Elle marche super bien.
L'excuse, je veux dire.

Quoi qu'il en soit, celle de la maladie qui m'aurait frappé en traîtresse a bien marché avec monsieur Longpré, elle aussi.
Pis avec tous ceux auprès de qui je l'ai employée.
Sauf avec toi, bien évidemment.
Non, avec toi, pas du tout.

Sauf que toi, tu m'as toi-même donné la solution au problème que tu me posais.

Et je pense que je saurais vraiment pas comment te dire à quel point cette solution-là a pu m'être coûteuse.

Le jour où on s'est vus à la Lanterne verte, pour que je te remette tes sous, que je te donne de mes nouvelles pis que je te demande toi comment t'allais, pis ce que t'avais décidé, finalement, pour tes cours, j'ai vu immédiatement à ta manière de me regarder que tu croyais pas un traître mot de mon histoire de virus. Mais c'est seulement la fois d'après, en sortant du cinéma, que j'ai commencé à me faire vraiment une idée de l'hypothèse que t'étais en train de t'échafauder. Et que j'ai froidement décidé de tout faire pour que tu t'imagines que t'étais tombée right on.

Tu sais quoi?
J'ai vraiment pas la moindre espèce d'idée d'où t'as bien pu aller pêcher l'idée que la drogue pourrait être un risque particulièrement élevé pour moi.
La drogue? J'haïs ça, Jen. Ça me dit rien. Rien du tout.

Mais essayer avec toi l'histoire de la cousine aurait été bien que trop compliqué.
Alors je t'ai laissée aller.

Mais bon bref.
Dans ce choc-là, dans le choc de me rendre compte qu'il me fallait une excuse non seulement pour les trois semaines envolées mais qu'il allait aussi m'en falloir une pour l'avenir, il me sautait aux yeux qu'il y avait une implication impossible à me cacher. Même avec le remarquable talent que j'ai pour ne pas voir ce qu'il ne fait pas mon affaire de voir.

La certitude que le voyage était pas terminé, pas terminé du tout.

Qu'il faisait même, sans aucun doute, qu'à peine commencer.

🖐

En d'autres temps et sous d'autres latitudes, n'importe lequel de ces chocs-là aurait sans doute été amplement suffisant à lui tout seul pour me faire sauter tout le panneau de fusibles.

Mais ça n'a pas été le cas.
Il en a même pas été question.
À aucun moment.

Parce que ces chocs-là, même tous pris de front, je peux pas les qualifier autrement que de mineurs.
Ce sont des détails.

Hen ?! Des détails ?!
Eh oui.

Oh, il faut que je les règle, bien entendu.
Pas me donner la peine de le faire pourrait juste provoquer des ennuis vraiment emmerdants.

Mais il en reste pas moins que les vrais problèmes avec lesquels je me retrouve pris, ils ont pas du tout trait à des questions d'intendance comme celles-là.
Les vrais problèmes, ils ont à voir avec.
Avec la terrible urgence que ressentait mon double, mon guide, ce soir-là, sur Saint-Laurent pis après ça dans mon salon.

Ils ont à voir avec le danger qui pèse sur la chose la plus importante de toutes.
Et avec ce qu'elle est, cette chose.

Les vrais problèmes, ils ont strictement rien à voir avec la gestion.
Et tout à voir avec l'invraisemblable histoire qui a pas juste transformé d'un coup sec tout ce que j'ai jamais pu penser pendant ma vie.
Elle a transformé même l'image que je me faisais de ce que c'est que penser.
Et de ce que c'est que vivre.

Bon ça y est.
Nous y sommes.

À l'heure où j'écris ceci, toi tu es convaincue que je suis stoned comme une bine, roulé en boule quelque part au fond d'un garde-robe.
Et mon proprio et tous mes amis qui pourraient risquer de se poser des questions savent que je suis à Moncton.

C'est ici que je vais enfin pouvoir commencer.

Comme Clarence cet après-midi-là puis ce soir-là, dans le café, je t'ai fait un long préambule.
Peut-être trop long?
Si c'est le cas, excuse-moi.
Je fais de mon mieux.

Mais là, en tout cas, on y va.

Après ce paragraphe-ci, je vais écrire une phrase, juste une.

Et en l'écrivant, je veux dire en posant le geste d'écrire un à un les mots qui vont la composer, je vais sceller mon sort.
Et rendre certaine ma mort prochaine.

J'y vais.

Jen.
Mon bel amour.
Le monde.
Et la vie.
Ne sont pas.
Ce que tu crois.

CHAPITRE XIX
Lettre à Jen (4ᵉ partie)

Jen.
Mon bel amour.
Le monde.
Et la vie.
Ne sont pas.
Ce que tu crois.

Il est deux heures de l'après-midi.
Dehors, il fait un soleil éclatant.
Je suis, bien entendu, assis à mon pupitre.
Et j'écris.
Bien entendu.

Nous ne sommes plus que six, dans l'appart.
Six fois moi.

Comme toujours, le Guide du boulevard Saint-Laurent.
Tout trempe.
Est assis juste à côté de mon pupitre.
Et ne me lâche pas des yeux.
Il ne regarde même pas ce que je suis en train d'écrire,
puisqu'il sait parfaitement de quoi il s'agit.
Bien entendu.

Il reste quatre gardes.
Je ne m'y habitue toujours pas davantage.

Quatre fois moi, à quatre époques différentes de ma vie.

Qui font le guet.
Qui rôdent dans l'appart, ne sachant toujours pas d'où la prochaine attaque pourrait surgir.
Ni sous quelle forme.

Pour le premier des deux à avoir disparu, la chose s'est passée comme je t'avais plus ou moins dit que je la prévoyais.

Au bout de quelques jours à peine, il s'était mis à avoir l'air.
D'avoir mal partout dans le corps.
Et puis il s'est mis à aller et venir.
Comme ils disent.

Parfois il était là.
Et parfois il n'y était plus.

Et puis un soir, tout à coup, il y a eu un silence.
Ça n'a duré que quelques secondes.
Quelques secondes durant lesquelles il n'y a plus eu le moindre son.
Le monde était devenu sourd.
Et puis pop.
Le son est revenu.
Et le garde Baseball avait disparu.
Moi, à dix-sept ans.

J'ai essayé de comprendre pourquoi.
Pourquoi il avait disparu.
Pourquoi comme ça.
Et pourquoi lui.
Mais rien à faire.

Le Guide refuse absolument de m'expliquer quoi que
ce soit.

Il refuse que je me laisse distraire de mon récit.
Que je me laisse distraire.
Par quoi que ce soit.

Rimouski, lui, a disparu pendant un cauchemar.

Je rêve que je dors.
Que je suis couché dans une grande chambre.
Argentée.
Très peu de meubles.
Mais un air de grande richesse quand même.
De profond confort.
Une lumière douce, chaude, tranquille, émane des murs.
Tout à coup je m'éveille.
Je sais qu'il y a quelqu'un dans la pièce.
Une présence menaçante.
Hargneuse.
Armée.
Et parfaitement silencieuse.
Mais je ne parviens pas à bouger.
Comme si on m'avait drogué.
J'arrive pas à.
À ne serait-ce que tourner la tête pour regarder autour
de moi.
Je force, je force.
Je la sens qui rôde.
Je lutte de toutes mes forces.
Je ne parviens même pas à crier.
Mais je continue à essayer.
À fond.

Et tout à coup.
Comme si je venais soudainement de parvenir à
traverser une épaisse paroi de caoutchouc.

Je suis assis dans mon lit.
En sueur.
Et l'écho de mon hurlement n'a même pas encore eu le temps de s'éteindre.

J'entends tout de suite un branle-bas.
Qui vient du couloir de l'entrée.
Je me lève.
Me précipite.
Et les quatre gardes restants sont penchés.
Sur les morceaux du cadavre.
Il y a un bout de sa chemise, imbibé de sang, collé sur le mur à la hauteur de mes yeux.
Une chemise à carreaux.
C'est comme ça que je comprends que c'est de Rimouski qu'il s'agit.
J'avais vingt-deux ans.

J'essaie de m'approcher.
Mais le Guide me saisit le bras et me fait faire demi-tour.

Retourne dormir.
Tout de suite.

Le lendemain matin, toutes les traces ont disparu.
Et, au moment où je me lève, les cinq, debout au beau milieu du salon, sont lancés dans une grande discussion.
C'est-à-dire qu'ils ne prononcent pas la moindre parole audible.
Mais qu'ils échangent à toute allure des regards dans toutes les teintes.
Et à toutes les intensités.
Durant un long moment.
J'attends qu'ils en aient terminé.

130

Et je sais que c'est le cas aussitôt que le Guide se tourne dans ma direction.

Je comprends aussitôt.

C'est si grave que ça ?
Que je demande.

Son absence de réponse en dit bien plus long qu'un long discours.

Ils ont décidé que mon appartement n'est plus sécuritaire.
Nous allons partir.
Dans quelques heures.

Les.
Les choses se passent encore bien plus vite que je ne m'y attendais.

Je croyais qu'il restait encore devant moi une semaine ou deux, avant d'avoir à faire le grand plongeon.
Mais non.

Le Guide est très clair.
Il faut que j'aie terminé un premier jet avant que nous ne partions tout à l'heure.

J'ai la chienne de ma vie.

Jen, mon bel amour, le monde et la vie ne sont pas ce que tu crois.

Je pensais que j'avais encore des jours et des jours,
devant moi, pour me préparer à essayer de te dire ce
que j'entends par là.
Mais il n'en est rien.

Je voulais te faire encore des préambules.
Et puis des mises en garde.
Mais il faudra bien faire sans.

Je dois écrire encore ce passage-ci.
Et puis nous allons partir.
Je ne sais pas vers quelle destination.
Mais ce qui est certain c'est qu'il y a un risque bien réel
pour que nous n'y parvenions jamais.

Donc.
Je dois être clair.
Et concis.

Puisque les mots qui suivent pourraient bien être mes
derniers.

Jen.
Qu'y a-t-il, dans ma vie, de plus essentiel encore que
ma vie?
Que l'existence même des gens auxquels je tiens?
Qu'y a-t-il de plus crucial que la tendresse?
Que le désir?

L'esprit.

C'est notre esprit qui nous permet de savoir tout ce qu'il peut y avoir à savoir.
Même que nous sommes vivants.

꽃

Tu regardes ces pages, que tu tiens entre tes mains. Ou qui sont posées sur ta table, devant toi.
Ou bien tu prends ta tasse. Chaude ou tiède. Ou déjà froide.
Ou bien tu t'allumes une cigarette.

Et tu te dis.
C'est le monde.

Mais tu te trompes.

꽃

Ce monde, autour de toi, composé d'objets, d'événements rapportés dans les journaux ou à la tévé.
Ce n'est qu'une toute petite partie du monde.
À peine l'écume à la surface de la mer.

L'autre.
L'essentielle.
Elle se trouve en nous.
Je veux dire en moi.
Je veux dire en toi.

Le monde des objets, pour pouvoir le concevoir.
Il nous a d'abord fallu le rêver.
En rêver, un à un, chaque détail.

C'est parce que nous les avons rêvés que, lorsque nous en rencontrons des fragments, des échos, dans

le monde concret, nous croyons venir tout juste de les avoir inventés. Ou nommés.
Mais non.
Nous les avons d'abord rêvés.

Nous les avons rêvés dans un monde dont nous ne savons rien.
Dont nous ne savons même plus qu'il existe.

Nous ne venons pas de les inventer.
Nous venons de les importer.
Du monde sans formes.
Au monde des formes.

Il existe un autre monde.
En nous.

Duquel nous avons importé, brin à brin, les noms et les dessins de tous les objets de celui de nos corps.

Mais cet autre monde là, il ne se résume pas aux seuls objets que nous avons importés de lui.
Bien d'autres choses existent en lui que le peu que nous sommes parvenus à identifier.

Parmi ces choses.
Celles qui peuplent nos cauchemars.
Qui, de tous temps, nous ont trop terrorisés pour que nous osions même ne serait-ce qu'envisager de les importer.

Mais qui ont traversé quand même.

Quand bien même elles n'auraient pas de forme.
Quand bien même elles ne porteraient pas de noms.

Pas encore.
Et puis.

Et puis nous ne savons pas non plus que chaque fois.
Chaque fois.
Depuis les tout débuts de notre histoire.
Que nous avons importé un objet ou un nom.
Depuis le monde sans formes.
Jusqu'au monde des formes.
Nous avons fait se déplacer des objets, dans le monde sans formes.
Nous y avons changé les choses.
Transformé l'équilibre des forces.

Chaque fois que, dans le monde physique, nous avons défriché un bout de forêt.
Pour en faire un champ cultivable.
Au plus profond de nous.
Hors de vue.
Dans des provinces tellement reculées que la lumière du jour ne les atteint jamais.
Quelque chose changeait.

Jen.

Nous arrivons au moment où mille et un cauchemars, qu'au fil des millénaires nous avons cru pouvoir faire taire. Et enfouir.
Vont s'animer.
Aussi solides, aussi matériels que les habitations que nous avons appris à nous construire.
Aussi puissants que les chevaux et les fleuves que nous sommes parvenus à harnacher.

Le monde de nos nuits.
Est prêt.
À se déverser au grand jour.

De l'horreur qui va déferler.
De notre manière de lui faire face.
Ou d'être balayés par elle.
Sortira notre avenir.

Si nous continuons à ne rien faire d'autre que serrer
les paupières de toutes nos forces.
En espérant que notre cauchemar va s'enfuir de lui-
même.
Il ne restera très bientôt plus rien de nous.

Nous aurons été engloutis par notre cauchemar.
Comme un navire ancien l'était.
En un instant.
Par les flots.

Si nous parvenons à garder les yeux ouverts.
Et à regarder.
Bien en face.
De quoi nous sommes faits.
De quoi, en ses fondements, est tissé notre esprit.

Alors.

Une vie redeviendra sans doute possible.

Mais tellement différente de tout ce que nous avons
connu jusqu'à présent.
Qu'il n'existe pas encore de mots pour la décrire.

Nous n'en sommes pas encore là.

Nous n'en sommes encore qu'à l'orée du jour.
Au fil duquel.
Vont enfin paraître en pleine lumière.
Les monstres que nous sommes.
Et qui en ont plus qu'assez de tirer sur leur laisse.

Voilà.
Je ne peux pas te le dire plus clairement en peu de mots.

Le Guide vient de se lever.
Ça y est, il faut partir.

Je viens de lui demander où nous allons.
Il a refusé de me répondre vraiment.
Mais je crois.

J'ai cru apercevoir les jardins du manoir des Cornouailles.
Et l'appartement de Théobaldus.

Mais c'étaient des images fuyantes.
De quoi je déduis que ce ne seront sans doute que des lieux de passage.

Je t'aime.

Je vous aime, ma Dame.
À en déposer à vos pieds.
Ce qu'il reste de ma vie.
De mon cœur.
Et de mes rêves.

CHAPITRE XXV

Où une histoire se poursuit brièvement, à moins qu'une autre ne débute un tout petit peu

C'est dans un bureau.
Un grand bureau très chic.
Très lourd.
Construit tout en livres.
Et en bois très sombre.
Et en décorations de cuivre.
Et en lourdes tentures refermées.
Dans une maison ancienne.
Une énorme maison.

Une maison.
Dont l'intérieur.
Est recouvert.
D'un épais tapis de poussière.
Le jour.

Mais où.
Cette nuit.
Tout étincelle.

C'est la nuit.
Tout à l'heure, dans la rue.
Il n'y avait pas le moindre son.
Le moindre chat.

À peine quelques taches de lumière faiblarde.
Se laissant tomber des réverbères.

Et dessinant de pâles refuges.
De loin en loin.
De lumière jaunâtre.
De-ci de-là.

Dans une ville de taille moyenne.
Opulente.
Très ancienne.
Quelque part dans le monde.

Et dans ce grand bureau.
Dans la lumière éblouissante.
Deux hommes se fixent du regard.

À des mètres et des mètres.
L'un de l'autre.

Sans se dire un seul mot.
Durant un long moment.

Le plus âgé des deux.
Est debout derrière le grand pupitre.
Pour accueillir son visiteur.
Et il porte queue-de-pie.
Et cravate blanche de cérémonie.
Et il sourit à l'autre.

L'autre.
Est un jeune homme aux yeux tristes.
En blouson ouvert.
Et jeans.
Et souliers de course.
Debout dans la grande porte ouverte.
Il vient à peine d'entrer dans la grande maison.
De prendre pied dans l'immense bureau.

Les yeux tristes du garçon.
Se remettent encore à peine.
De l'éblouissement.
Du contraste entre la rue noyée de nuit.
Et le grand bureau étincelant.

Les yeux tristes du garçon.
Font des allers-retours.

Entre l'homme debout là-bas.
Devant lui.
Tout là-bas.
À l'autre bout de la pièce.
Derrière le grand pupitre.
Et le portrait.
Encadré.
Accroché sur le mur.
Juste derrière l'homme.
Juste au-dessus de son épaule.

Sur le portrait.
Qui date d'il y a un demi-siècle sûrement.
Sur le portrait.
Noir et blanc.
L'homme est habillé exactement.
Comme il l'est cette nuit.

Et il tient à deux mains un coffret ouvert.
Il présente au photographe.
La médaille posée sur un lit de velours.
Au fond du coffret ouvert.

La médaille qui lui confère.
Un des titres les plus prestigieux du monde.

L'homme qui est au milieu de sa vie.
Et le jeune homme se regardent.

Et puis.
Tout doucement.
L'homme en jaquette noire.
Et cravate blanche.
Laisse affleurer à ses lèvres.
Un sourire chaleureux.
Et prononce quelques mots.

Et le jeune homme aux yeux tristes.
Abasourdi.

Se rend compte.
Soudain.

Qu'il comprend parfaitement.
Une langue qu'il n'a jamais étudiée.

Et qu'un fantôme vient.
De lui adresser la parole.

CHAPITRE XXVI

Où il est bien trop rapidement question d'un séjour inattendu

C'est la nuit.
Dans l'un des centres du monde.
Peu importe lequel.

N'importe que ceci.
Dans cette ville ancienne.
Qui vibre.
Comme bat un cœur.
Ardent.
Cette nuit même.
Des esprits d'hommes.
Et des mains d'hommes.
Sont à l'œuvre.
Qui vont transformer.
L'histoire des Hommes.

Des hommes.
Ciseau à la main.
Taillent la pierre.
Palette à la main.
Peignent.
Plume à la main.
Écrivent.

Donnent forme.
À ce qui.
Jusque-là.
N'en avait aucune.

Ni chaleur.
Ni texture.
Ni couleur.
Ni poids.

Ils sont concentrés.
Tous.
De toutes leurs forces.

Tendus.
Comme autant.
De cordes d'arcs.

Ils sculptent.
Peignent.
Trouvent les mots.

Et de leur labeur.
La beauté.
Demain.
Et pour longtemps.
Sortira nourrie.

La beauté.
L'écho du monde.
Dans le cœur.
Des hommes.

Et cette nuit même.
Dans cette cité antique.
Des esprits d'hommes.
Sont à l'œuvre.
Qui vont enflammer.
L'histoire des Hommes.

Des hommes.
Penchés sur leurs esquisses.

Penchés sur leurs registres.
Penchés sur leurs croquis.
Penchés sur leurs pensées.
Refaçonnent la place de l'Homme.
Dans le monde.

Et de leurs travaux.
Sortira nourrie.
La puissance.

La puissance.
L'écho de l'Homme.
Dans le monde.

Viens.
Promène-toi un instant.
À mes côtés.
De par les rues sombres.
De ce cœur.
Du monde des Hommes.

Entends les cris qui montent.
De derrière de lourdes portes closes.

Entends les frôlements.
Et les murmures.
Qui se sont lancés à notre poursuite.
Aussitôt qu'on a eu.
Remarqué le léger claquement de nos pas.
Sur la pierre des rues et des ruelles.

Entends les rires.
Et les chants.
Et les chocs de verres.

Et de chopes.
Et de bouteilles.
Qui traversent les pesants rideaux.
De cette grande fenêtre-ci.

Laisse-toi bercer.
Par la délicatesse.
De la mélodie.
Des cordes.
Frappées ou caressées.
Qui monte du jardin, là-bas.
Derrière la haute palissade.
D'un palais.

Lève les yeux.
Et aperçois une lueur.
Là-haut.
À la fenêtre.
Silencieuse.
Derrière laquelle.
Un vieillard ou un jouvenceau compte son or.
Ou rêve à pouvoir en compter.
Ou ébauche les traits d'une aimée d'un soir.
Caressée.
Ou rêvée.

À présent.
Empruntons ce pont.
Qui enjambe le fleuve en crue.

Avançons entre les deux files.
De baraques.
Et d'échoppes.
Qui le bordent tout du long.

Viens.
Avance encore un peu.

Voilà.
Ici.

Ici.
Ici, sur quelques pas.
Les constructions cessent.
Et nous pouvons nous avancer.
Jusqu'au garde-fou.

Penche-toi.
Et regarde.
Tu vois?
Il y a tout juste assez de lumière.
Pour apercevoir.
Les cataractes.
D'eau boueuse.
Qui viennent de dévaler.
Entre les piliers du pont.
Et débouchent sous nos yeux.

À présent.
Ne bouge plus.
Attends.

Attends un instant.
Ils ne vont plus tarder, à présent.
Ah.
Les voici.

Ils viennent de se matérialiser.
Sous nos yeux.

Un jeune couple.
Nu.

Elle.
Et lui.
Debout derrière elle.
Et qui l'enveloppe.
De ses deux bras.

Elle a les yeux clos.
Et serre les paupières.
De toutes ses forces.

Elle se sent.
Mourir de terreur.
Et de vertige.

Elle n'a pas encore vu.
Le lieu où elle vient.
D'apparaître.
Mais la fraîcheur de l'air.
Et l'odeur de la nuit.
Et le grondement des eaux.
Lui disent assez.
Qu'elle n'est plus.
Dans sa chambre.
À des siècles de là.

Lui.
La serre très fort.
Et la frictionne doucement.
Et lui murmure à l'oreille.
De ne pas avoir peur.
Et d'ouvrir les yeux.
Dès qu'elle sera prête.

Il lui annonce où ils se trouvent.
À présent.

Et doit aussitôt.
La retenir.
En la sentant défaillir.
Entre ses bras.

Oh.
Comme ils s'aiment tendrement.
Ces deux enfants.

Elle l'aime tellement.
Lui.
Et lui l'aime tellement.
Elle.
Qu'elle finit par trouver en elle.
Le courage d'ouvrir les yeux.

Et de parcourir.
Du regard.
Blottie contre lui.
Le monde invraisemblable.
Où elle se retrouve.
Dans ses bras.

Un fracas approche.
Un fracas de sabots.
Sur le tablier du pont de pierre.

Et passent.
Rapidement.
Derrière les deux amants.
Voyageurs.
Un groupe de jeunes amis.
Ivres.
Sur leurs montures.

L'un des amis.
Aperçoit au passage.
Le corps nu du garçon.
Debout dans la pénombre.
Qui enlace la jeune femme.
Il pousse un grand rire.
Et un grand cri.
Ah! L'amour!

Les cavaliers s'éloignent.
Et les deux amants.
Restent immobiles.

Jusqu'à ce que lui.
Se remette à murmurer.
À l'oreille.
De la femme qu'il aime.
Des histoires de rêves.
Et de vœux.
Et de contrées lointaines.

Elle.
Se laisse bercer.
Par sa voix.
À lui.

Puis il se tait.

Et elle lui demande.
Enfin.
Remplie d'effroi.
Si la crainte qui lui serre le cœur.
Est fondée.

Tu ne me ferais pas.
Lui dit-elle.

Dans une langue qu'il fait un effet.
Étrange.
D'entendre en ce lieu.
En ce temps.
Tu ne me ferais pas.
Je te connais.
Vivre un choc
Aussi profond.
Aussi ravageur.
Et tu ne le ferais pas.
Si doucement.
Si tendrement.
Si tu n'en avais pas un autre.
En réserve.
Pire encore.
À m'asséner à sa suite.
Tu me prépares.
C'est bien ça.

Durant un moment.
Nous n'entendons rien d'autre.
Que le grondement.
Du fleuve.
En contrebas.

Avant.
Qu'il ne lui réponde.
Tu as raison.
Bien sûr.
Mon bel amour.
Mon doux amour.
Je dois partir.

Elle laisse échapper.
Une plainte.

Je dois partir.
À la guerre.
Mais je voulais.
Avant que de partir.
Partager avec toi.
Mon rêve le plus secret.
Mon secret le plus précieux.

Alors.
La jeune amante.
De grand courage.
Dit.
Doucement.
Oui.

Puis se retourne.
Tout contre lui.
Et dépose ses lèvres.
Sur les siennes.

Et mêle.
Ses larmes.
Aux siennes.

Plus tard.
Au moment même.
Où fusent leurs cris.
De jouissance.
Et d'arrachement.
Au moment même.
Où.
Crucifiés.
De bonheur.
Ils basculent.
Au-delà des mots.

Elle disparaît.
S'évanouit dans l'air.

Et lui.
Reste là.
Nu.
Hagard.
Couché sur la pierre tiède.

CHAPITRE XXVII

Où deux amis contemplent
une vision terrible

Dans la même ville encore.
Mais plus loin encore.
Dans le temps.

Viens, viens.
Marchons à nouveau.
Refaisons quelques pas.

La ville n'a pas tant changé.
Entre ce moment-ci.
Et celui.
Que nous venons de partager.

Le cœur ardent.
De la cité humaine.
Bat déjà.
De toutes ses forces.

Des hommes.
Déjà.
Sont penchés.
Sur leurs travaux.
Même au milieu.
De la nuit.

Des hommes préparent.
Le grand œuvre.

Que leurs fils.
Poursuivront.
À leur tour.

Viens.
Marchons un peu.

Cette fenêtre.
Là-haut.
Tu te souviens.

Celle dont nous ne savions pas.
Si derrière elle se tenait.
Un vieillard.
Ou un jouvenceau.
Qui caressait son or.
Qui caressait un rêve.
Qui caressait un ange.
Ou qui se caressait lui-même.

Eh bien cette nuit déjà.
Regarde.
Il s'échappe d'elle.
Une faible lueur.

Viens.
Montons.

Regarde bien.
Ces deux amis.
Assis.
De part et d'autre.
De la grande table.
Encombrée de verres.

De bouteilles.
D'assiettes de gaufrettes.
Et de fruits.

Celui qui lit à haute voix.
Ce qu'il vient.
Tout juste.
De finir d'écrire.

Et celui qui l'écoute.
Les traits.
Révulsés de terreur.

Celui qui écoute.
Aussi.
Est un poète.
Un visionnaire.
Peut-être même.
Un mystique.

Dans quelques mois à peine.
Il fera paraître un ouvrage.
Qui fera traverser.
Les siècles.
À son nom.
Et aux lignes.
Qui occupent encore.
Ses jours.

Regarde-le.
Écouter.
Les mots.
De son ami.
Dont le nom.
Disparaîtra.
En même temps que lui.

Le lecteur.
Achève une lecture.
Entamée.
Il y a plus d'une semaine déjà.

Nuit après nuit.
Ils se sont retrouvés ici.

Et nuit après nuit.
Le poète.
Au nom bientôt immortel.
A écouté.
Son ami d'enfance.
Lui lire.
Page à page.
Le récit.
De la terrible vision.
Qui s'est.
Emparée de lui.

Une vision d'apocalypse.
Et de massacres.
De démons cruels.
Aux cœurs de glace.
Aux mains de flammes.
Disposant de puissances.
Effroyables.
Capables de faire s'embraser les villes.
En un instant.
De se parler.
D'un bout à l'autre du monde connu.
Et même au-delà.
De marcher dans les airs.
Et de ressusciter les morts.

Tout son long récit.
Déboulant.

Sans trêves.
D'horreurs.
En damnations.
S'articule autour.
De trois frères semblables.
Qui vivent dans une contrée.
Pour laquelle même sa vision.
Ne suggère pas de nom.

Trois frères semblables.
Autour du destin de qui.

Se jouera.
Un jour.

Le sort des Hommes.
Et de leur âme.

CHAPITRE XXXV

Où il est question d'une partie
qui va mal finir

Regarde.
Ce jeune homme.
En uniforme.
Militaire.

Qui s'escrime sur son jeu.
Et qui ahane.
Et qui soupire.
Et qui jure.
Entre ses dents.

La boule d'argent.
Refuse de lui obéir.
Elle frappe les bornes électriques.
Qu'il ne faut pas.
Et évite celles.
Que le jeune militaire.
Voudrait entendre.
Retentir.
Et voir.
Clignoter.

Son jeu.
Dans sa grande boîte couchée.
Haute sur pattes.
Fait un vacarme de clochettes.
De sonneries.

Et de bourdons.
Il lance des éclairs.
Et vibre de partout.

Et le jeune militaire.
N'a d'yeux.
De mains.
De souffle.
Et de jurons.
Que pour lui.
Que pour son jeu.

Regarde-le bien.
Ce jeune militaire.
Qui joue.
Regarde-le bien.
Faire résonner son jeu.

En pleine guerre.

Dans un instant à peine.
Un autre jeune militaire.
Fera irruption.
Dans cette pièce.

Un autre jeune militaire.
De grand talent.
Mais venu.
Lui.
Du bout du monde.
Du cœur même.
De l'empire ennemi.

Un autre militaire.
Passé maître.
Au jeu de la mort.

Sera parvenu à se faufiler.
Sur cette base impénétrable.
Jusqu'ici.
Jusqu'en son cœur.

Il fera feu une fois.
Une fois seulement.
Et la jeune femme.
À l'opulente poitrine dénudée.
Dont l'effigie dressée.
Orne la grande boîte.
Volera en éclats.

Regarde-le bien.

Ce jeune militaire.
Un homme.
Une nuit.
Il y a des siècles de cela.

A rêvé de lui.

A eu une vision.
Monstrueuse.
De lui.
Du monde où il vit.

Et de ses deux frères.
Semblables à lui.

CHAPITRE LVIII
Lettre à Jen (7ᵉ partie)

Le Guide vient de disparaître.
Il y a à peine un instant.

Il s'est enflammé.
Et il a disparu.

Une flamme verte.

Pas un cri. Rien.

Il a brûlé sur place.
En me regardant droit dans les yeux.

Et sa souffrance avait l'air.
Atroce.

Comme.
Comme si on lui avait arraché les membres.
Tous à la fois.

Les six gardes.
L'un après l'autre.
Et puis lui.

Disparus.
Tous.

Je voudrais pouvoir t'écrire comment je me sens.
D'avoir vu disparaître de sous mes yeux.
Ces couches de moi.
Comme je me les imaginais.

Mais je n'en ai pas le temps.
Pas le temps.

Alors qu'il en faudrait tellement.

Il ne reste que moi.
Je t'écris ceci le dos appuyé à un arbre.
Un des tout derniers.
Juste à l'orée du désert rouge.
Celui de Keith.

Il commence quelques pas derrière le tronc.

Et je les entends qui approchent.
Ils grimpent la petite butte.
Ça renifle et ça grogne.
Et ça chantonne.
Et ça murmure.
Et ça psalmodie.

J'ai tellement peur.
Que je ne sais pas du tout.
Comment je fais.
Pour aligner deux idées.

Tout mon corps veut.
De toutes ses forces.
Que je fuie.
Que je me réveille.
Que je me sauve.

Que je m'arrache à ce cauchemar.
Et au diable les autres.
Et au diable le monde!

Que je m'arrache à ce cauchemar.
Et que je sauve.
Ce qui peut encore l'être.
De moi.

Mais je vais tenir bon.
Pour toi.

Toi.
Toi.
Toi.

Pour la lumière.
Au fond de tes yeux.

Pour ton rire.
Ton magnifique grand rire.

Sache.
Que ta lumière.
Jen.
Sera la dernière chose que j'aurai contemplée.
Et entendue exploser.
Au moment.
De cesser d'être.

Ils sont là.
Devant moi.

Certains sont en armures.
D'autres en soutanes.

D'autres en habits de tous les jours.
De toutes les époques.
Des vieillards.
Des enfants.

À cheval.
À pied.
Armés ou pas.

Et ils se sont tus.
Tous.

Et ils me dévisagent.
Tous.

Et ça y est.
Je comprends.
Je comprends enfin.
Ce que signifie le silence.

Tous plus beaux.
Plus resplendissants.
Les uns et les unes.
Que les autres.

Ils me dévisagent.
Sans broncher.
Et surtout.
Sans sourire.

Il n'y a qu'eux.
Devant moi.
Et que les paroles du garde Cégep.
Dans mon esprit.

Leurs dents.
Tant que tu n'as pas vu leurs dents.

Tant que tu ne les as pas.
Vus sourire.
Il te reste un instant à vivre.

Ça y est.
Il y en a un.
Et puis tout de suite sa compagne.

C'est d'abord une lueur.
Au coin de l'œil.

Et puis.
Et puis les commissures.
Qui se retroussent un peu.
À peine.

Et ça y est.
Je les vois.
Leurs dents.

De métal.

Non !
Leur dent.
De métal.

Une en haut.
Une en bas.

Une étroite bande d'argent.
Sans relief.
Sans détails.
Sans aspérités.
Qui scintille.
Entre leurs lèvres.
Un bandeau d'argent.
Sur toute la largeur de la bouche.

Et aussitôt.
Sous mes yeux.
Les mots.
Les mots se mettent à danser.
Sur la page.
Et dans ma tête.

Il me faut.
Il.
Une force.
Toutes.
Mes.
Forces.
Pour.
M'accrocher.
Au.
Sens.

L'un des.
Des cavaliers.
Visière baissée.
Descend de monture.
Et s'approche.

Le.
Sens.
M'échappe.
Coule.
Fuit.

Il est juste.
Devant.
Moi.

Et la puanteur est.
Insupportable.

Je t'aime !
Jen !

Je meurs en t'aimant !

Et il dit.
J'entends.
J'entends seulement.

Il dit.
Tout bas.
À quoi bon ?

Et tous.
Tous.
Tous.
Ils éclatent de rire.

Et.
Je.

Et.
Mon.
Seul.
Regret.
Le.
Seul.
Est.
Que.
Je.
Ne.

LE LIVRE DES AMANTS

Damien

D'abord, il y a...

Damien.

Qui émerge du sommeil, comme chaque matin à la vitesse de l'éclair, trois minutes à très peu de chose près avant que ses deux réveils ne sonnent.

Qui, à l'instant même où il ouvre les yeux, a déjà l'air de vouloir mordre, de vouloir déchirer le monde à coups de dents et de griffes.

Qui repousse ses couvertures, d'un seul large mouvement. Qui grogne. Qui redresse puis bascule vers le bord du lit son corps de cinquante ans.

Puis, qui reste là, les pieds sur le sol, se retenant d'instinct de respirer trop profondément. Les mains agrippées au rebord du matelas, tête penchée en avant, torse arqué, l'air du sprinter attendant le coup de départ. L'air, précisément, de faire ce qu'il fait. De prendre son élan. Qui cherche en lui-même un point d'appui, le regard fixé sur la plinthe. Qui cherche le courage. Qui sait qu'il dispose de dix secondes pour le trouver. Comme chaque matin. Le courage de ne pas se laisser retomber sur les oreillers. Et de rester là. À jamais.

Il fixe la plinthe. Sans un son. Puis se dresse. Nu. Et s'élance. Sans laisser, en chemin, son regard accrocher le moindre objet. Sans presque respirer. Chambre, couloir, bureau, vestibule au placard. Salle de bains! Ça y est, il est rendu. Une fois de plus. Un autre matin.

Il a une fois de plus traversé, intact, cette fois-ci en tout cas, le désert glacial qu'est son monde. Chambre, couloir, bureau. Monde calcifié où, à chaque pas, partout où se posent ses yeux, au cœur de chacun des objets que risque de frôler sa main, l'attendent, prêtes à prendre chair, les ombres des corps nus, splendides, des êtres aimés.

Ça y est. Une fois de plus, ce matin, mais ce matin sans défaillir, Damien a passé en revue, au pas de charge, l'armée des ombres, l'armée de cendre. Sans même lui avoir adressé un regard, en se retenant de lui accorder le moindre souffle. Pieds nus dans la plaine stérile, comme chaque matin il a traversé l'armée des souvenirs de ceux qu'il a aimés. Et qui vivent au plus profond de lui. Colonnes de sable gris dansant dans l'air. Promesses de corps brûlants, bouillants, doux à fendre l'âme, qui montent la garde sur la banquise de sa vie et qui, chaque matin, sans broncher, le regardent passer. Chaque matin.

Damien est dans la salle de bains, les deux mains agrippées au rebord du lavabo. Dans le grand miroir, il se regarde droit dans les yeux. Comme chaque matin. Il se sonde. Comme chaque matin, réexamine déjà sa décision d'il y a à peine un instant. Vivre? Vivre encore un jour de plus? Ou arrêter les frais? Cesser enfin de se traîner, d'heure en heure. Arrêter les frais, et continuer de dormir. Une bonne fois pour toutes. Rejeter le combat de ses jours, d'un seul grand geste, comme il a rejeté ses couvertures. Sortir de sa propre vie comme on sort du sommeil.

Damien se regarde droit dans les yeux et sait précisément ce qu'il aurait à faire pour en finir. Il en a assez de la douleur, de la solitude, de la mémoire, du désir qui tourne à vide. Il en a assez de sa vie. Mais.

Il sait aussi. Qu'il ne le fera pas. Qu'il en a marre de sa vie, mais qu'il n'en a pas assez de la Vie. Comment le pourrait-il ?

Un bruit le fait sursauter, venant du grand bureau qu'il a tout juste traversé. Il tourne la tête en direction du vestibule. Un bruit ? On aurait dit le son mat d'un livre ou d'un gros cahier, jeté à plat sur une table. Il l'a distinctement entendu. Pourtant, c'est impossible. Il y a des années qu'ici, le responsable du moindre son, du moindre bruit, c'est lui et lui seul. Seul. Seul. Seul. Des années, qu'il est le seul à hanter cette grotte-là, comme il a surnommé l'appartement où il. Où il vit.

Intrigué, Damien ressort de la salle de bains, revient dans le vestibule, tourne la tête vers la grande pièce. Rien n'a bronché. Là-bas, à l'autre bout, tout au loin, les immenses fenêtres donnent sur le cœur de la ville, à pleins flots éblouissants. Et, entre elles et lui, eux tous, immobiles. À le regarder. Impavides. Neutres. Translucides et tourbillonnants. Il les regarde aussi. Les détaille. L'Éleveur. Le Délinquant. Le Journaliste. Tous. Son regard descend lentement le long de chacun des corps à peine esquissés, dont les atomes dispersés, à la limite de la présence, dansent dans l'air, et qu'il sait, oui, doux, bouillants, enivrants, tous. Il lui suffirait de lâcher prise. Allez, allez, viens te laisser bercer. Allez, voici mes paumes, voici ma bouche, voici mon souffle à moi. Allez, viens. Sous la glace, sous le vide, il y a. Moi ! Viens ! Viens fondre sous mes caresses. Viens voir. Viens savoir. Viens être. Être tout ce qu'il y a à être.

Et, bientôt, c'est Damien qui bout. Qui brûle. Tout lui.

Il sait ce qui va suivre, s'il reste là à les contempler. Il sait que s'il s'attarde, rien qu'un instant encore, cet instant-là suffira pour que les corps d'ombre commencent à se matérialiser. À prendre chair. Puis, se mettent, tout doucement, langoureusement, en mouvement. Presque rien, d'abord. Des tressaillements, rien d'autre. De clairs, pâles nuages qui se regroupent sur la ligne d'horizon et deviennent orage. Une brise légère qui se transforme en la certitude de l'approche d'un ouragan. Puis, les voix venant de partout à la fois, qui. Les soupirs, d'abord. Puis, les mots. Puis, les rires. Ensuite, il sait que la glace semblera commencer de fondre, de se transformer en mille lieux où il a connu chacun de ces garçons-là, de ces hommes-là. Il sait que s'il reste planté là à caresser leurs ombres du regard, dans un instant il sera de retour auprès de chacun d'eux et auprès d'eux tous à la fois. Il sait qu'avant un quart d'heure, qu'avant dix minutes, il sera écartelé dans leurs bras, à chacun d'eux et à eux tous. Que la glace semblera dissoute à jamais. Semblera n'avoir jamais été qu'une illusion, un cauchemar. Il sait qu'il ne sera plus alors que la pure joie d'être celui qu'il est. Il sait qu'émerveillé, le temps d'un éclair ou le temps d'une lune, il sera de retour au cœur de sa propre vie. Sous leurs paumes, dans leur souffle et leurs yeux. Il sait qu'il revivra.

Jusqu'à ce que. Soudain. Le mirage, le parfum, se dissipe soudain, et l'abandonne, échoué, hagard et haletant, ébahi, debout, soudain, nu sur la glace, au milieu du vide, au cœur d'une armée redevenue d'ombres et de cristaux qui virevoltent. À nouveau entouré d'une brume de souvenirs pétrifiés.

Alors, avant qu'il ne soit trop tard, Damien s'arrache les yeux de ces corps qu'il a aimés, qu'il aime, qu'il ne cessera jamais d'aimer. De toutes ses forces, il s'arrache littéralement les yeux d'eux, des fantômes de cendre dansante, de leurs ventres, de leurs cuisses, de leurs gorges. Il s'arrache les yeux d'eux et, précipitamment, bat en retraite.

Il est de retour dans la salle de bains. Aveuglante de cruelle lumière blanche. Il est de retour, les yeux dans les yeux avec lui-même. Le souffle court, la gorge serrée, le cœur qui frappe à grands coups sourds qui lui résonnent jusque dans les oreilles.

Juste à temps.

Terrorisé, il se dévisage. Il l'a échappé belle. Un instant de plus, et il était de nouveau happé. Sur le rebord du lavabo, les jointures de ses doigts sont blanches à force de serrer. Il a eu si peur, tout à coup, le souffle du désir l'a effleuré de si près et avec une telle violence qu'il en a oublié le bruit, dans le bureau-bibliothèque, qui l'a attiré là dans la gueule du piège. Il est tout entier livré à sa peur, abandonné sans retenue au soulagement de l'avoir échappé si belle, quand il entend son prénom, venu d'à peine un mètre sur sa droite.

— Damien ?

La voix est douce. L'accent, étrange.

Damien sent son cœur se glacer. Tous les traits de son visage devenir de pierre.

C'est.

Impossible.

Après un moment, la voix reprend, douce, insistante.

— Damien ?

Damien ferme les yeux. Et serre les paupières. De toutes ses forces.

Se concentrer, ne pas se laisser envahir, se concentrer sur ses mains qui commencent à lui faire mal, tellement il serre le rebord du lavabo. Se concentrer. Chasser l'illusion. Le mirage. Plus douloureux encore que celui des aimés reprenant forme dans sa vie.

— Inutile de fermer les yeux. Tu sais que tu m'as entendu. C'est moi.

Damien rouvre les yeux. Lentement. Tourne son visage vers la source de la voix. Lentement.

Debout dans le vestibule de la salle de bains, devant la porte close de la penderie, un vieillard. Il n'a pas l'air si vieux, pourtant on sait immédiatement qu'il l'est. À cause de la lassitude, de l'infinie douceur de son regard d'aigle, peut-être. Et de sa tristesse, aussi. L'usure. C'est ça. On sait instantanément, à l'usure de son regard, qu'il ne peut être que fort vieux. Un grand homme maigre. Quasi géométrique à force d'être anguleux. À la crinière grise. Tout de noir vêtu. Aux doigts longs comme des cordes de piano. Il n'a pas changé. Il est resté le même, trait pour trait. Tout ce temps.

Ils se regardent, fixement, tous les deux. Longuement. Le vieillard finit par dire.

— Je suis de retour.

Comme si c'était là une chose promise il y a longtemps. Très longtemps. Si longtemps que Damien aurait pu risquer de perdre espoir.

Et pourtant, pas un seul trait du visage de Damien ne bronche.

— Je sais que tu ne m'attendais plus.

Silence.

— Je me doute bien que tu as dû osciller entre la crainte et la colère, entre le vertige et la haine, toutes ces années, quand tu pensais à moi.

Le vieillard tient, tout contre son ventre, une pile de cahiers de tous formats et de toutes couleurs. Des cahiers que Damien connaît bien. Ils contiennent son histoire à lui, le survol de sa vie à lui, le condensé de sa douleur et de son attente, le résumé de la damnation qu'est sa vie. Son journal.

Le vieillard reprend.

— Je voudrais lire.

Il attend.

— Reprendre contact.

Il attend.

— Je peux?

Le visage muré de Damien dit assez qu'il s'en fout éperdument. Qu'il sait que le Vieux n'a pas besoin de sa permission pour lire. Qu'il peut tout ce qu'il veut. Qu'il n'est pas au monde un seul mortel capable de s'opposer à la moindre de ses volontés.

Mais le Vieux insiste. En caressant presque imperceptiblement, de ses longs doigts, la couverture du cahier du dessus.

. — Je peux? J'aimerais. J'aimerais vraiment. Si tu es d'accord.

Damien ne bronche pas. Le Vieux comprend qu'il a la permission. La permission par défaut. Le Vieux fait remonter la pile de cahiers jusqu'à sa poitrine, puis ferme les yeux. Et serre, serre très fort les cahiers. L'éventail de ses longs doigts se déploie encore un peu plus sur la couverture et sur les tranches. Ses doigts caressent tout doucement, très lentement, le carton glacé, les spirales de métal, le tissu et le papier. Ses paupières se mettent à vibrer. Le Vieux lit, par les paumes, par les doigts, les yeux clos, directement à travers les cahiers.

Il a terminé. Il a toujours les yeux fermés, mais ses paupières ne tressaillent plus. De toutes petites larmes d'argent cherchent leur chemin.

Il y a longtemps que Damien a détourné son regard de lui quand le Vieux finit par lentement relever les paupières. Damien regarde ses propres mains, il semble hypnotisé, fasciné par ses jointures livides sur l'émail jaune verdâtre du lavabo.

— Monsieur Kâ? C'est comme ça que tu as décidé de m'appeler?

Les deux hommes se fixent à nouveau. Longuement.

Damien finit par être le premier à décrocher. Ramène son regard dans le grand miroir, rive à nouveau son regard dans ses propres yeux.

Il faut longtemps avant que la voix du Vieux ne se fasse de nouveau entendre.

— Toute cette colère? Cette rage? C'est tout ce que mon passage dans ta vie t'a laissé?

Damien ne bronche pas.

— Vraiment?

Une, deux, trois heures ont passé. Damien, toujours nu, est assis à sa table de cuisine. Un café posé devant lui. De l'autre côté de la table, le Vieillard, assis, lui aussi, les cahiers posés devant lui. Et un café, lui aussi. Quand Damien le lui a préparé, il n'y a versé ni sucre ni lait. Il se souvient encore si clairement de la phrase d'il y a longtemps.

— Pas de sucre, s'il te plaît. Je ne me suis jamais habitué à tout ce sucre.

Aujourd'hui, en le voyant faire, le Vieil Homme a senti son cœur se serrer.

— Tu te souviens de ça? Même de ça?

Et puis les heures ont passé.

— Tu ne m'as pas répondu. Mon passage dans ta vie ne t'a vraiment rien laissé d'autre que colère? Douleur? Peine? Regrets?

Damien ne répond rien, ne signale rien. Il pourrait aussi bien être sourd. Ou paralytique.

Ou ailleurs.

Des heures, encore, passent, avant que le vieil homme ne reparle.

— Je suis venu te chercher, Damien. C'est l'heure. Ça y est. La vie a besoin de toi.

Cette fois, Damien réagit. Ses yeux quittent lentement la tasse posée devant lui et cherchent, lentement, ceux du Vieillard. Quand ils les ont trouvés. Le Vieux y lit. Une colère. Une rage. Une révolte. Une haine. Telles. Que sa gorge se noue.

Et ils restent là, tous les deux, à se regarder. L'un à laisser la haine couler de ses yeux à flots brûlants. L'autre à la recevoir. Et d'autres heures, encore, passent.

On pourrait croire qu'ils sont des statues, tous les deux. Ils n'ont toujours pas bronché. On pourrait croire que la poussière des siècles va finir par les recouvrir et que dans des millénaires, les archéologues les tireront de leur gangue, toujours à se fixer, les yeux dans les yeux.

Mais soudain, plus vive que l'éclair, la main de Damien saisit sa tasse et la lance en l'air. Elle siffle à moins d'un mince cheveu de la tempe du vieillard, qui ne sourcille même pas. Projetée à pleine force, la tasse va se fracasser contre une porte d'armoire. Et déjà, avant même qu'elle n'ait fini d'éclater, Damien est sur ses pieds et un cri abominable déchire l'air de la cuisine, de tout l'appartement. Un cri inhumain. Un hurlement de douleur indicible. Un torrent de lave vivante. Dès lors, c'est le raz-de-marée. Damien se met à hurler, oui, à blasphémer, à vociférer, à rugir, à glapir. Les vannes ont lâché, et le flot jaillit. Il hurle. Pas une seule phrase complète. Que des mots enchevêtrés. Des sons inarticulés. Une débâcle. Terrible. Il saisit les cahiers et se met à les déchirer, à toute force, en tout petits morceaux qu'il répand à pleines poignées, qu'il frappe à grands coups contre la surface de la table comme s'il voulait les y enfoncer, ou qu'il s'enfourne dans la bouche puis recrache autant qu'il les vomit. Jusqu'au tout dernier fragment du tout dernier cahier. Sans cesser de crier, de baragouiner, de geindre, de hurler à la mort. Puis, emporté par la vague, Damien se met. À tout détruire. Les portes d'armoires qu'il ne défonce pas à coups de poing, il les arrache. Il répand sur le sol tout, tout ce qui passe à sa portée. Vaisselle.

Chaudrons. Coutellerie. Fracasse tout. Défonce tout. Puis, s'élance hors de la pièce, frappant au hasard dans les murs. Arrive dans son bureau-bibliothèque. Où il brise les cadres à coups de poing, de front, de coude, renverse les rangées de livres. Il court jusqu'à la chambre, pille, saccage encore. Il détruit. Déchire. Écrase. Tout ce qui passe à sa portée. Il est fou, fou de rage, fou de douleur inexprimée durant plus de trente années. Il n'est plus un homme, il est une boule incandescente de pleurs, de furie, de crachats et de coups, une boule de pure douleur. Qui explose. Qui explose enfin.

Au milieu de la nuit, quand il ne lui reste plus rien à détruire, quand Damien finit par se laisser tomber, épuisé, au milieu des décombres, le grand Homme anguleux est appuyé au mur maculé d'encre et de sang, face à lui, debout, et le dévisage. Damien, épuisé, vidé, écrasé au milieu de ses bibliothèques effondrées, couché parmi les dépouilles de ses livres éventrés, de ses vêtements mis en pièces, aphone, couvert d'ecchymoses, les pieds, les poings, les genoux et le visage en sang, tout le corps ruisselant de sueur, et le visage de larmes, la tête à peine relevée, l'occiput contre la plinthe, le dévisage aussi.

Quand Damien finit par rouvrir la bouche, sa voix n'est qu'un croassement, un murmure éraillé. Et une tendre prière tissée de lassitude.
Soyez maudit.
De quel droit? De quel droit avez-vous fait de ma vie un désert? De quel droit avez-vous fait de moi un monstre? Une bête de foire à mes propres yeux? De quel droit m'avez-vous enfermé dans ma vie? De quel droit avez-vous piétiné mon innocence, ma naïveté? De quel droit m'avez-vous révélé ce que je suis, moi

qui aurais dû, comme tous mes semblables, parcourir mon existence entière en fuyant la vérité? De quel droit me l'avez-vous imposée? De quel droit? Je ne veux rien voir!

Damien se plaque les mains sur les yeux, se jette sur le côté et se roule en boule, il va s'enfoncer les doigts dans les orbites, s'arracher les yeux. La voix du Vieux explose.

— Assez!

Et, malgré lui, Damien se retrouve à nouveau assis, ses mains grandes ouvertes viennent violemment frapper le mur de chaque côté de lui, à bout de bras, comme si rudement deux infirmiers colosses les lui écartaient du visage. Il a les yeux fermés, la tête qui roule contre le mur. Crucifié, il lutte, il lutte avec acharnement, mais en vain, et il le sait, contre la volonté du Vieillard.

Le Vieillard, triste à fendre l'âme, qui n'a pas bougé de sa place, laisse Damien se débattre un long moment. Triste. Puis redit, mais tout doucement cette fois.

— Assez.

Et Damien, qui de toute façon est à bout de toutes forces, finit par céder. Par cesser de se débattre. Et ses bras retombent.

Son regard vide fixé sur les pieds du Vieux.

Du temps passe. Sans qu'aucun des deux hommes ne tente le moindre mouvement ni la moindre parole.

Le Vieux se laisse glisser, dos contre le mur, jusqu'à être assis sur le sol, quatre pas devant Damien.

— Tu l'as appelé *le souffle parfumé*? demande-t-il doucement.

Malgré lui, Damien laisse échapper un gloussement de dérision, qui lui fait mal à la gorge. Il se met à tousser. Une toux éteinte. Il faut ensuite un long moment avant qu'il n'acquiesce en hochant la tête,

rien qu'un seul tout petit coup. Oui, le souffle parfumé.
Sa damnation. S'il lui restait des larmes, il pleurerait
encore.

— Raconte-moi.

Mais Damien ne bronche pas.

— J'ai lu. Dans tes cahiers. Tu as noté chacun de
tes pas à travers le désert. Tu as noté. La profondeur
du désert. La brûlure que tu as vécue. Mais à présent,
je voudrais l'entendre dit par ta voix. Je voudrais que
tu racontes. Ce qui s'est passé. Ce que tu as vu. Ce que
tu as appris.

Et, après un long moment encore, la voix rauque de
Damien, à peine plus forte qu'un murmure, raconte.
Le récit semble couler entre ses lèvres comme si sa
volonté n'y prenait aucune part. Les mots portent le
fardeau d'une telle fatigue.

Au début. Les quelques premières années qui ont
suivi votre départ. Les choses sont restées comme
vous les aviez connues. Il fallait que je veuille, à cette
époque-là. Il fallait que je m'approche de l'objet, que
je l'apprivoise et que j'en fasse le tour. Ou alors, mieux
encore, que je le prenne à la main et que je le détaille.
Jusqu'à ce qu'il ne soit plus seulement devant moi ou
posé sur ma paume, mais tout autant *en* moi. Je n'avais
pas besoin seulement de son apparence, de sa forme
générale, non, en ces temps-là il me fallait tout autant
son poids, sa masse, sa température, ses angles, ses
rondeurs, son équilibre, les textures de sa surface.

— Oui. Oui, bien sûr.

Le Vieux se souvient clairement des tout premiers
événements auxquels il a assisté. Il se souvient de
sa surprise. De son étonnement, aux premières
manifestations du talent de son tout jeune apprenti. Il
revoit le jeune Damien, une clé anglaise à la main. Ou
la paume posée sur le bras rebondi d'un lourd fauteuil.

Semblant écouter. Écouter par les mains. Écouter en lui un écho que lui, le Vieillard, n'entendait pas. Ou à peine.

Damien se tait. Les images remontent. Lentement. Il les laisse affleurer. Une à une.

J'avais. J'avais besoin de respirer son odeur. J'avais besoin de voir la lumière et l'ombre jouer sur lui. Il fallait que je le fasse mien, d'abord. Que je l'avale par les mains.

Silence.

— Que je l'avale par les mains, oui. Oui, très juste. Très beau.

Vous vous souvenez?

— Cher Damien. Crois-tu que j'aurais pu oublier?

Dans la pénombre, les deux hommes se regardent.

Ensuite, et ensuite seulement, tout doucement, je soufflais. Je soufflais sur lui. À la fois sur lui qui était dans le monde et sur lui qui vibrait à l'intérieur de moi.

— Oui.

Mais il fallait que je dirige mon souffle, que j'inspire lentement, à fond, puis que j'expire. Comme on souffle une toute petite bougie. Pas pour l'éteindre, rien que pour voir danser sa flamme. Très, très doucement. Alors.

Silence.

— Cela. Advenait?

Oui. Oui, cela advenait.

— La cendre.

Silence.

— Tu appelais cela *la cendre.*

Oui. La cendre. Ou. La poussière. Ou la neige. Elle semblait sortir de lui. De l'objet. Elle voltigeait un peu. Se répandait en l'air. De minuscules étincelles mates. Rien que l'impression d'un mouvement fugace, émanant de lui comme l'air tremblote au-dessus d'une flamme.

Le Vieux opine lentement. Il se souvient clairement de cela aussi.

Parfois, dans ma main ou sous mes doigts, je le sentais gigoter, à peine, aussi légèrement que mon souffle venait de le caresser. La vie. La vie de l'objet, chatouillée, qui se mettait à se tortiller.

Silence.

Ou bien alors. Il se mettait à s'étirer un peu, comme au réveil. En souriant. Ou en geignant.

Et puis les sons, les images, les parfums se mettaient à surgir.

— Les *parfums.*

Les parfums, oui. L'image m'est venue plus tard. Beaucoup plus tard.

Et elle m'est restée.

Damien est de nouveau happé par le souvenir de toutes ces années-là. Par l'étendue sans borne du désert, au cœur de sa vie.

Le Vieillard le laisse dériver un moment. Puis le rappelle.

— Continue.

Les parfums. Tous les parfums. L'objet se mettait à vibrer. Puis. À parler. Je l'entendais. Aussi clairement que cette nuit j'entends votre voix. Parler. Divaguer, parfois. Ou bien fredonner. Je le voyais, je l'entendais et je le sentais, dans ma paume, vibrer, commencer à vivre. Si j'écoutais attentivement, si je me laissais gagner par son mouvement, par son tremblotement, j'entendais alors rapidement où diriger mon souffle ensuite, l'objet me l'indiquait lui-même. Comme un corps vient à la rencontre des caresses. Et je parvenais alors à tirer de lui jusqu'au moindre de ses souvenirs. Il me livrait tout.

Il y a un long silence immobile.

— Ensuite?

J'ai appris à écouter. À reconnaître les pauses que les objets prenaient parfois au cours de leurs récits. Et à les écouter, elles aussi. J'ai appris à ne pas forcer les choses. À suivre les courbes des chants. À en reconnaître les coins sombres, sur lesquels ils tentaient de passer en vitesse. Et les crêtes, aussi. J'ai appris à revenir en arrière, juste un tout petit peu, très légèrement, lorsque ma curiosité m'y incitait. Ou à faire se répéter des passages capitaux. Capitaux pour eux. Pourquoi cet instant-là de colère ou de compréhension soudaine était-il revêtu de couleurs aussi vives? Ou sombres? Ou ternes? Pourquoi les heures de silence dans la maison vide l'avaient-elles imprégné à une telle profondeur?

Au début. Au début, la variété des trajets, des récits, des danses était telle qu'il m'a semblé parfois que les objets avaient peut-être. Une personnalité. Vous vous souvenez?

— Oui. Oui, je me souviens.

Je vous avais même posé la question. Croyez-vous qu'ils savent ce qu'ils sont en train de faire?

— Oui. Et je n'avais pas pu te répondre.

Vous aviez dit.

— Je ne sais pas, Damien. Ce sera à toi de me l'apprendre.

Oui.

Et je l'ai cru, durant quelques années. Il me semblait souvent que. Qu'ils allaient soudain se mettre à me raconter tout autre chose que leurs seuls souvenirs. Qu'ils allaient m'apprendre qui ils étaient au fond d'eux-mêmes. Il me semblait. Que leurs préférences et leurs dédains, suggérés par la rapidité de l'évocation ou bien, au contraire, par l'insistance, par la répétition ou l'intensité du chant, étaient sans doute les signes d'un rapport au monde individuel. Mais. Non. Non, c'était. Autre chose. Une chose qui m'est apparue avec le temps. Ce n'était pas une personnalité dont aurait été doté l'objet, qui était en jeu, mais sa nature même. La nature de l'objet. Les répétitions et les insistances ou les esquives n'étaient pas le résultat de choix de sa part, mais de. Elles étaient son langage lui-même. Il parlait, il vivait, il vibrait et il dansait. Comme l'eau coule au flanc d'une colline, rien qu'en suivant la pente. Il ne voulait pas quelque chose en particulier. Il était. Et c'est tout.

Durant un moment, il n'y a rien d'autre à entendre que le son que font les voitures, en bas, au pied de l'édifice.

Je me suis. Entraîné, comme vous me l'aviez recommandé. Des années durant. À toutes les occasions offertes. Partout où j'allais. Je trouvais le moyen de me retrouver seul un instant, en tête à tête avec le premier objet à m'être tombé sous les yeux, et de souffler sur lui le souffle parfumé. Alors, la vie fusait, et tremblotait, et les objets se mettaient à chanter, à danser, à faire des poèmes et des grimaces. Se mettaient à raconter les vies dont ils avaient été les témoins ou les acteurs.

Mais cela restait. Comment dire ? Lointain ? Parfois, un peu plus tard, il m'arrivait même d'avoir des doutes. Avais-je réellement vécu ces moments-là ? Ou ne les avais-je pas plutôt. Rêvés ? Les yeux ouverts.

Il n'y avait que durant les danses et les chants, que le doute s'évanouissait totalement. Les pensées, les désirs et les craintes, tous les secrets de tous ceux et de toutes celles qui s'étaient approchés de lui m'étaient livrés entiers. Jusqu'à la sensation d'être même successivement dans le corps de chacun d'eux et d'elles.

Il y a eu. Je n'ai pas pu m'en empêcher. Quelques larcins. Des sensations si fortes, si étonnantes, que je n'ai pas pu me résoudre à les abandonner derrière moi. Je me suis toujours arrangé, plus tard, pour retourner les objets aux endroits où je les avais trouvés.

Toute cette période-là a été. Un prodigieux voyage. La variété. La variété du monde. Je ne savais pas clairement si je la fantasmais ou si je la saisissais

186

à pleines mains, mais je m'en balançais. Il y avait là une telle richesse, partout autour de moi. Je n'avais qu'à tendre la main pour la caresser. Je m'en étonnais chaque jour. À en avoir. Le souffle coupé. La variété de la chose humaine. M'époustouflait. Je ne m'étais jamais rendu compte auparavant de la renversante multiplicité des manières d'être un homme, ou une femme. Tous les détails jouaient, bien entendu. Les infimes variations sur tous les thèmes imaginables. Être un gros ou une grosse. Un enfant ou un vieillard. Un intellectuel ou un menuisier. Oui. Et puis les teintes des rêves, à l'infini. Mais aussi, et c'était là, pour moi, à cette époque, que résidait le cœur de la fascination. L'éventail des *manières* d'être. Je veux dire. L'éventail des sensations de ce que c'est, être. Je me souviens. D'une plume. Une plume pour écrire. Pas un stylo, une plume ancienne. Une plume d'oiseau. Noire, barbelée d'argent. À pointe d'or. Un cadeau qu'il avait reçu, je crois. Posée à côté d'un encrier vide, sur sa table de travail. En la faisant tourner et retourner sur ma paume tendue, j'ai été gagné, en succession rapide, par dix, quinze sensations d'être, toutes aux antipodes les unes des autres. Il y avait. Être une grande femme forte. Et puis tout de suite après. Être un homme aussi grand, et plus fort encore. Entre les deux, il y avait des mondes et des mondes de gouffres. La vibration même du monde était différente, aux yeux et au cœur de ces deux êtres là. Vivre n'avait ni la même couleur ni le même goût. Et puis un jeune homme timide a fait irruption au cœur du chant. Et il m'a semblé soudain que le cercle du monde venait de se rétrécir, d'un seul coup, à en être étouffant. Autour de ce jeune homme là, le monde habitable ne faisait pas deux pas. Au-delà, c'était l'inconnu. Le danger. Le silence et le vide menaçant.

C'est durant cette période-là que j'ai aussi compris une nécessité essentielle. Le respect. La décence. Je n'avais pas encore saisi à quel point ils sont essentiels à l'écoute. La nécessité de ne pas juger ce qui m'était raconté. De l'accueillir sans commentaires. Et, même, sans mots. Chaque fois que je le pouvais. La nécessité de danser avec la danse et de chanter avec le chant, mais de ne pas m'abandonner à la tentation de les découper en mots, en phrases, en images figées. Bien au contraire. Il fallait en respecter la pulsation même, le mouvement, la pente. Et, ensuite, simplement laisser croître en moi la sensation d'un tout, dans lequel chaque nouveau chant, chaque nouvelle danse, chaque nouveau récit venait trouver sa place. Un tout palpitant. Qui s'appelle. La vie des Humains. La. La *solitude*. Des Humains.

— La solitude, oui.

L'effroyable sentiment de solitude qui est au cœur de ce que l'on appelle une vie humaine.

Plus tard, l'isolement. Je veux dire mon isolement à moi. A cessé d'être nécessaire pour mes exercices. Même dans un grand magasin, devant un étalage, je parvenais facilement à saisir en un éclair, en caressant du souffle une chaussure ou un édredon, les éclats de rire ou les flots de tristesse d'une toute jeune femme aux yeux bridés ou d'une vieille à la peau cuivrée, assise sur un tabouret d'atelier poussiéreux, puant, dans un vacarme d'enfer, dans un pays lointain.

Il y a un long silence.

Mais plus tard, après plusieurs années, petit à petit, une transformation capitale, saisissante, a commencé à s'opérer. Que rien ne m'avait permis de prévoir. Je ne suis même pas certain du moment exact auquel ça a commencé à se produire. Parfois, je me dis que les premières manifestations ont dû avoir lieu sans que j'en prenne conscience. Je ne sais pas.

C'est là, que j'ai commencé à comprendre vraiment de quoi il s'agissait. Avant ? Avant, ça n'avait été que de l'exploration timide, du bout des doigts.

Il s'est mis à m'échapper. Le souffle. Il s'est mis à caresser les objets. De son propre chef. À se déclencher sans que ma volonté y ait été pour rien. Soudain, au beau milieu d'un repas, d'une fête, d'une discussion entre amis, ou bien seul en public tout simplement, je prenais conscience de ce que, de très loin, je venais de souffler malgré moi sur un objet posé là-bas, sur une étagère, une table ou un pupitre. Il venait de caresser une petite balle de caoutchouc, abandonnée sur une pelouse. Sans même que je l'aie aperçue d'abord. Et l'objet venait de commencer à s'éveiller. Non, non, je n'avais pas soufflé. Ce n'était pas moi. Le souffle était sorti de moi par sa propre volonté. Et l'objet se mettait à s'éveiller. Tout à coup, son image en moi surgissait, déjà toute formée, et je le voyais, dehors et dedans à la fois, s'animer et commencer à vibrer. Du même regard, je voyais et j'entendais mes convives, mes amis, ou bien des passants inconnus être doucement gagnés par sa danse, par son chant, ses vers, ses pitreries, sans même s'en rendre compte. Les joies, les douleurs, les frénésies, l'ennui, les espoirs tissés à même l'âme de l'objet, les mille sensations d'être, se mettaient à se distiller dans l'air que nous respirions. Pour moi, c'était à la fois. À la fois un mouvement et une parole qui racontaient. Mais pour eux, pour les autres, il n'y avait pas de mouvement, pas de son, pas de chant perceptibles. Il n'y avait que l'émotion engendrée par le récit. Elle s'emparait d'eux. Prenait en un instant toute la place, en eux.

— Attends, murmure le Vieillard. Tu me dis que la danse d'un objet allumée par ton souffle n'est pas perceptible que par toi seul ? Ou que. Par moi, parfois ?

Oui. Oui, c'est précisément ce que je vous dis. Même si les autres, eux, ne le voient pas danser, ne l'entendent pas chanter ni déclamer, ils ressentent tout de même sa danse et son chant. Mais sans avoir la moindre idée de ce qui est en train de leur arriver.

Il y a eu de terribles moments. Je voyais sur leurs traits la surprise, parfois même la terreur de ressentir tout à coup une émotion venue d'ils ne savaient où, un trouble dont ils n'auraient rien su dire. Un râle d'agonie montait en eux, soudain. De nulle part. Ils le sentaient se former dans leur gorge, et ils sentaient, en eux, la vie être sur le point de s'éteindre. Je me souviens. Dans le métro. Une dame était assise à. À plusieurs mètres de moi. Une dame d'âge mûr. Élégante et calme. Au large revers de son léger manteau de printemps, pâle, il y avait une belle broche. D'argent. Garnie de quelques pierres. Au moment même où mon regard a accroché la broche au passage, j'ai. Le choc a été tellement soudain. Et si fort. Aussi surprenant qu'une porte qui claque sans avertissement dans un courant d'air d'été. J'ai vu. Dix choses à la fois. J'ai vu. La broche, toujours épinglée sur la poitrine de la femme, exploser en étincelles. Et simultanément, la broche était en moi. Et dans ma main. Je la sentais, posée sur ma paume ouverte. Et aussi. Elle était là, la broche, mais dans une tout autre main que la mienne. Une main décharnée et tremblante. Une main qui en faisait l'offrande. La main d'une mourante. Dans un lit d'hôpital. Une main qui, dans le dernier geste de sa vie, offrait ce bijou, désiré depuis longtemps, à sa fille adorée. Mais la vieille femme n'a même pas eu le temps d'achever son mouvement. Un grand spasme s'est saisi d'elle. La main, au tout dernier instant, s'est refermée comme une serre, d'un coup sec, sur le bijou. Et la vie s'est arrachée à ses poumons. Et un. Comment décrire ça ? Un ouragan est passé. Mais à la vitesse de l'éclair. Il y a eu la sensation, physique, de la mort. Le corps qui se tait, qui s'éteint. Le souffle qui s'arrache.

Et puis. Le sentiment d'abandon. D'abandon absolu. Et définitif. Et puis. Un regret. Tout ce qui n'a pas été mené à terme. Au même instant, dans la rame. J'ai vu. Dix, quinze, vingt personnes à la fois, recevoir de plein fouet le sursaut de la mourante. Juste devant moi, un homme d'une quarantaine d'années était assis. En complet foncé, je me souviens. Un imper posé sur ses genoux. Il lisait son journal. D'un seul mouvement, il a écrasé le journal et s'est cassé en deux, penché en avant, les yeux exorbités, la bouche grande ouverte, terrorisé mais incapable d'émettre le moindre son. Tandis qu'autour de nous, partout, des jeunes, des vieux, recevaient tous le choc au même instant. Un bébé, dans les bras de sa mère, s'est mis à hurler à fendre l'âme. Un instant plus tard, c'était terminé. Tous avaient ressenti une telle terreur au passage de la mort en eux que nul n'avait eu la moindre attention à accorder à ce qui arrivait autour de lui, chacun était persuadé d'avoir été le seul à vivre cet instant-là. Il n'y avait eu qu'une seule personne à n'avoir pas bronché. La dame à la broche. Une larme coulait sur sa joue. Elle a discrètement ouvert son sac à main, en a tiré un petit mouchoir. A épongé sa larme. A rangé le mouchoir. Et ça a été terminé. Je suis descendu à la station suivante. Je tremblais de partout. À en avoir de la difficulté à marcher. Et même à me tenir debout.

Une autre fois, ça a été un rire d'enfant qui a surgi de nulle part. Mais aucun des individus assemblés là n'en avait, d'enfant. Une autre fois, ça a été l'intolérable attente d'une lettre. Eux qui n'en attendaient aucune. Même la faim, le désespoir de la pauvreté. Eux qui avaient tout. Des élans de tendresse, des phrases passionnées, des crises de sanglots, des flots de joie, des ébahissements de splendeur, les gagnaient soudain sans prévenir. Et moi j'étais là, chaque fois, impuissant, à les voir tenter à toute force de se convaincre qu'ils venaient de devenir fous, qu'ils devaient écraser, faire taire au plus vite, arracher à deux mains, en eux, cette voix-là, ce rythme-là. Ils étaient. Envahis. Et je ne pouvais rien y faire. Rien.

Dès les premières apparitions dont j'ai eu conscience, ces chants-là, survenus apparemment par eux-mêmes, se sont révélés infiniment plus puissants que ceux des premières années. L'image de l'objet, dont parfois je ne m'étais même pas approché à moins de dix pas, comme dans le cas de la broche, dans le métro, ou que j'avais à peine entraperçu du coin de l'œil, se formait en moi instantanément au moment même où le souffle fusait. Elle était immédiatement encore plus solide, plus claire, plus nette qu'aucune de celles qu'auraient pu s'en forger mes yeux ou mes mains. Dès son premier soubresaut, l'objet était en moi et je pouvais, même les yeux ouverts, le soupeser en esprit, le caresser, encore plus concrètement que si je l'avais tenu à la main. Quelque chose en moi avait su sans hésiter où le souffle devait le toucher pour l'éveiller complètement, à fond, d'un coup sec. À chaque fois.

C'est là, que l'enfer a commencé.

Parmi les moments les plus invraisemblables, les plus torturants, il me revient sans cesse ceux des disques et des lits.

— Je t'écoute.

Mais il faut un instant à Damien pour se résoudre à le dire.

Imaginez. Être dans les bras d'un être doux, tout entier livré aux caresses que vous lui destinez. Mais entendre soudain le matelas, les draps, les oreillers, les murs de la chambre eux-mêmes, se mettre à exhaler tous les souvenirs, toutes les joies et tous les tourments d'abandon qui ont été vécus en leur présence.

Temps.

Et, tandis, que vous entendez et ressentez ces vagues-là se déchaîner et venir se briser et souffler en vous, savoir que pour celui que vous caressez, vous vous enfoncez, vous, en cet instant même, dans la masse indistincte de tous ceux, de toutes celles qui dans cet endroit l'ont eux aussi caressé. Dont les mémoires lui reviennent tout à coup, encore plus solides que le moment présent. Imaginez. Le voir soudain vous regarder dans la pénombre et ne plus savoir précisément qui vous êtes. Ni en quelle année il se trouve. Le voir chercher votre nom entre dix, vingt, cinquante qui se saisissent de lui au même instant. Imaginez. Le voir être incapable de s'arracher à une vague qu'il ne voit pas, qu'il n'entend pas. Il ne peut rien être d'autre qu'emporté par elle. Et avoir honte. Et être déchiré. Et savoir, vous, que le simple fait de votre présence est. Est la source même du torrent de flammes qui le ravage sous vos yeux, sous vos mains. Vous qui ne vouliez pourtant rien être d'autre pour lui qu'une brise fraîche. Imaginez. Tous les moments qu'il a passés, seul avec lui-même, toujours dans ce même lit, à se caresser en appelant en soupirant le nom d'un absent. Imaginez tous ces présents-là ! Tous ! Surgissant tous ensemble ! Et l'arrachant d'entre vos bras ! Toutes ces images qui l'emportent comme une marée, vous n'avez même pas à baisser les paupières pour les voir aussi clairement qu'il les voit. Peut-être même plus clairement encore. Parce que vous savez, vous, ce que lui ne peut même pas soupçonner. Que ces images-là peuvent être parcourues, respirées, remodelées. Que l'on peut remonter leur cours. Et même le suspendre. Alors que lui ne peut rien de tout cela.

Imaginez combien de bras, combien de bouches, de soupirs, de prières et d'abandon il faut alors pour retenir ensemble les morceaux de lui. D'eux. Au cœur de déferlements comme ceux-là.

Imaginez. Assister à une réception, chez un couple inconnu de vous. C'est un ami qui vous y a entraîné. Après quelques verres, debout devant la discothèque bien garnie, vous êtes attiré par un titre parmi cinq cents ou mille. Vous tirez l'album du rang. Et. Vous sentez soudain le souffle s'arracher de vous. Vos yeux se ferment d'eux-mêmes. Et l'image est là, en vous! Partout, en vous! Encore plus solide que dans le monde que l'on dit concret. Vous sentez le souffle gravir votre gorge. Vous rouler sur le palais. Et jaillir. Imaginez. Sentir soudain, à la fois dehors et dedans, la chaleur et le sursaut de l'objet, entre vos mains, qui s'élance pour répondre. C'est trop tard. C'est déjà trop tard. Même si vous fuyiez immédiatement à toutes jambes, même si vous fracassiez le disque et son coffret, c'est trop tard, son chant aurait tout de même encore le temps de se déployer, de fleurir, de gagner toutes les consciences. Imaginez. Vous mettre à entendre, à voir, à ressentir les images, les vagues, les flots, les tempêtes qui ont été vécues au fil des ans en écoutant et en réécoutant ce disque-là! Sans fin! L'amour enfui. Dont on n'a jamais parlé à qui que ce soit. Le monde qui s'est arrêté, un soir d'automne. Pour ne plus jamais se remettre en mouvement. Jamais. La perte d'entre toutes les pertes. Inconsolable. Qui, vingt-cinq ans plus tard, revient encore hanter les nuits d'insomnie. Et puis. Voir les autres. Tous les autres. Qui devisent, là-bas, debout ou affalés sur les divans. Être lentement gagnés par ces vagues-là, ces flots-là. Et ne rien y comprendre. Sauf une! Il n'y a que la grande femme aux gestes lents, qui reconnaît ce qui vient de surgir en elle. Et elle abaisse lentement les paupières, bouleversée.

Le temps passe longtemps avant que le Vieillard ne demande.

— Et ensuite?

Ensuite?

Ensuite, ce n'était plus parfumé que je disais en pensant au souffle. Mais infernal.

Je me suis interrogé, bien sûr. J'ai tenté de comprendre. Pourquoi ces objets-là avaient-ils été éveillés? *Par* quoi? L'avais-je souhaité, mais sans m'en rendre compte? Ou bien alors existait-il. Une ligue des objets, qui voulait m'adresser un message ou un avertissement? Est-ce que je sais, moi? Ou bien alors, étais-je un démon? Le vecteur de je ne sais quelle malédiction? Ou bien alors. Quoi?! Était-ce simplement qu'à force d'exercer mon souffle, ma seule présence suffisait désormais au réveil? Je ne sais pas. Je n'ai jamais compris. Pas vraiment.

Ou, en tout cas, il m'a fallu longtemps.

Alors, plus tard, je me suis replié ici.

— Tu as eu peur? De ce que ton souffle faisait subir aux autres?

Damien ne bronche pas.

— Peur de ce que tu pourrais encore déclencher d'autre, fût-ce par inadvertance?

Damien ne bronche pas. Le Vieux attend.

— Tu t'es *replié* ici? À faire quoi?

Rien. Rien du tout. À vivre. À vivoter. À tenter de m'éteindre. À attendre votre retour. Et à désespérer que vous ne reparaissiez jamais. Je ne savais pas quoi faire, vous comprenez? Je ne savais pas quoi faire de. De ça.

— Et le souffle, lui?

Attendez. Ce n'est pas tout.

Je me suis aussi rendu compte, un jour, bien avant de me terrer ici, que le souffle ne révèle pas seulement la mémoire des objets. Oh, non. Il chante aussi. Leur prescience. Parfois. Leur connaissance des routes à venir. Certains objets voient loin dans l'avenir de ceux qui les caressent ou les approchent. Ou bien alors, peut-être que tous voient aussi loin mais que la plupart, pour une raison ou pour une autre, gardent pour eux ce qu'ils ont vu ? Je ne sais pas.

— Les objets voient l'avenir ?

Parfois. Ceux qui ne sont pas accablés par le poids du passé, en tout cas. C'est ce qu'il me semble.

Le Vieux ferme les yeux. S'appuie le front à ses genoux relevés. Et reste ainsi, un moment, à laisser se déployer en lui l'écho de ce que lui apprend son ancien élève.

De cela aussi, je n'ai pris conscience que très lentement, par toutes petites touches. En soufflant sur le jouet d'un enfant. Ou bien alors. Il s'élevait, parfois, des chants qui ne pouvaient être que ceux de l'avenir de cet enfant-là. Ou bien j'entendais à la suite, mais toutes avec la même intensité, avec la même clarté aveuglante, trois ou quatre versions possibles d'un même moment encore en gestation.

— Ils voient l'avenir ? Et ils le chantent, lui aussi ?

Le chant du futur est presque indiscernable du chant du passé. Aussi fort, aussi prégnant, aussi immédiat.

Et aussi définitif.

Il est arrivé parfois que. Que des objets se rebiffent, refusent de chanter, de parler.

— Qu'advenait-il alors ?

Si j'insistais, ou si le souffle insistait de son propre chef, ils volaient en éclats. Comme s'ils explosaient à force de retenir leur souffle. Je me souviens d'un gros cendrier noir, de verre trempé, qui a littéralement éclaté, soudain, dans un grand bang. C'était au cours d'une soirée, ça aussi. Par la suite, un des invités a tenté de nous convaincre, tous, qu'il avait dû y avoir une paille d'air dans le verre. Mais le propriétaire de l'objet ne voulait pas en croire un mot. Le cendrier était dans sa famille depuis trois générations. Si une paille avait dû le faire exploser, ne l'aurait-elle pas fait bien plus tôt? Une autre fois, plusieurs années plus tard, ça a été le tour d'une statuette chinoise. Un guerrier en armes. En pierre. De l'onyx, je crois. Elle était posée sur un buffet, dans la superbe et chaleureuse salle à manger où nous dînions. Je l'avais remarquée, sans plus, en entrant dans la pièce. Tout à coup, au beau milieu d'un débat sur les fromages, son image a surgi en moi, parfaite, éclatante, claire, solide, lourde, fraîche au toucher, et au même instant j'ai senti le souffle s'exhaler de moi, d'un grand coup. Il y a eu un sifflement, doux, mais impossible à ne pas entendre. Il venait du buffet, dans mon dos, de la statuette. Juste le temps que tous nous nous tournions vers elle, et sous nos regards effarés, elle s'est. Effritée. Réduite en poussière. Totalement. Sauf le visage du guerrier, qui est resté intact. Cette fois-là, personne ne s'est risqué à proposer une explication. Mais je suis bien certain qu'aucun des autres n'a gardé le moindre souvenir de l'événement. Ils ont tous dû l'effacer depuis longtemps de leur esprit. Ou bien alors... *J'ai fait un jour ce rêve étrange.*

— Et tu n'as jamais pu découvrir pourquoi le souffle soufflait parfois de lui-même?

C'est au tour de Damien, cette fois, d'attendre avant de reparler.

Non. Non, ce n'est pas cela que je vous dis. Ce que je vous dis, c'est qu'il m'a fallu longtemps. Des éternités. Et qu'encore aujourd'hui, je ne suis certain de rien.

— Alors?

Je crois que. Que le souffle *est* moi. Seulement. Qu'il est une partie de moi qui n'est pas celle qui pense, qui parle, qui sait. Il est une partie de moi comme mon cœur et mes reins sont aussi des parties de moi. Qui fonctionnent sans le recours à ma volonté.

Et je crois que je n'ai pas appris à souffler, non. Ce que j'ai appris, c'est à écouter.

Je crois que toutes ces fois-là, où il m'a semblé qu'il avait soufflé de lui-même, étaient en réalité autant d'occasions, pour une partie de moi, de me mettre moi-même au défi. De m'obliger à faire face à celui que je suis en totalité.

Silence. Dans la pénombre, le Vieillard observe le visage de Damien. Sent son trouble. Décide de ne pas pousser plus avant sur ce sujet-là. Pas tout de suite. Le vertige guette.

— As-tu pu découvrir pourquoi certains objets refusent de s'éveiller?

Non. Ça, non. Sauf, peut-être, qu'il se pourrait bien qu'il leur soit impossible de parler. Je ne sais pas pour quelle raison. Je n'en ai pas la moindre idée.

— Aucune?

Aucune, sauf. Qu'ils me refusent, moi.

Et je ne sais pas non plus pourquoi certains objets choisissent de chanter la douleur sur le ton de la joie ou de la plaisanterie, ou le bonheur sur celui de la plainte.

Après un long temps de silence et d'immobilité, le Vieux se remet doucement sur ses pieds. Et reste là, à ne pas quitter Damien des yeux. Puis il se met en marche. Erre très lentement à travers l'appartement saccagé. Parcourt les lieux, s'arrêtant ici ou là pour presque caresser de l'extrémité du doigt, ou de la paume offerte, un bout de débris. Mais il se ravise chaque fois au tout dernier moment. Il n'ose pas. Il n'ose toucher à rien.

Il semble. Le Vieil Homme anguleux semble arpenter un temple qui le ferait déborder d'un sentiment trop fort. Trop fort pour être nommé. Trop fort pour être contemplé. Il ne peut que respirer doucement. Une tombe très ancienne, à peine redécouverte. Qui le plonge dans un profond sentiment de respect. Qui fait remuer, en lui, une terreur sur le point de s'éveiller. Chaque fragment d'objet recèle un univers entier. Inaccessible à tous. Même à lui.

Il dit, tout bas, si bas qu'il pourrait ne s'adresser qu'à lui-même.

— Ils savent. Ils savent. Tous.

Dans chacun des objets composant le monde, tout un univers, avec son passé, son avenir. Inaccessible à tous. Sauf à Damien, son élève d'autrefois. Chaque crayon brisé, chaque bout de papier arraché, déchiqueté, chaque fragment de bois, de porcelaine, de tissu, de verre, de plâtre ou de métal, inspire tout à coup au Vieux un respect qui le chavire. Mais tous gardent pour eux les chants d'une vie, des chants qui lui échappent, à lui, au Vieillard.

Damien a fermé les yeux mais il ne dort pas. Il écoute le pas léger, précautionneux, de Monsieur Kâ qui rôde dans la plaine dévastée qui reste de ce qu'a été sa vie. Puis, tout doucement, un chant, un murmure, dessine dans l'air un trait léger. Monsieur Kâ chantonne. Tout en continuant à parcourir le champ d'après la longue bataille. Il chantonne un air lent, recueilli, dans une langue que Damien ne connaît pas. Le chantonnement dure longtemps. Longtemps.

Damien, les yeux toujours fermés et ne dormant toujours pas, entend un léger froissement de tissu et de papier, juste là, devant lui. Le Vieux est revenu. Est de nouveau assis à même le sol, devant lui, à quelques pas.

Mais le Vieux ne parle pas. Il semble à peine respirer. Durant très longtemps. Lorsqu'il parle enfin.

— Merci.

Et sa voix est si triste, si triste. Damien rouvre les yeux. Regarde le Vieux.

— *Chaque parcelle du monde est un tombeau. Et tous les tombeaux du monde sont des berceaux.*

Ils se regardent, tous les deux. Puis Damien décroche son regard du Vieux et le laisse à nouveau errer au hasard sur le champ dévasté, dans la faible lumière venant du dehors, du centre-ville nocturne qui poursuit sa vie.

— Le Docteur m'a raconté autrefois que Djinrokû chantait cela, souvent. Je ne t'ai pas parlé de Djinrokû?

Damien secoue doucement la tête. Non.

— Nous avons tellement de choses à nous dire, toi et moi. C'est un très ancien chant japonais. Bien peu de gens en comprendraient les paroles, aujourd'hui. *Chaque parcelle du monde est un tombeau. Et tous les tombeaux du monde sont des berceaux.* Ensuite, quand l'un de ses camarades, parmi les autres mages, lui demandait ce que cela signifiait, Djinrokû méditait toujours longuement avant de répondre. *Je ne sais pas, pas encore. Pas vraiment. Mais les mots, eux, savent. Alors, attendons.*

— Je ne savais pas, Damien. Je ne savais pas sur quel chemin ton talent allait te jeter. Je savais simplement que je n'avais pas le droit de te laisser passer ta vie à dormir.

Damien referme les yeux. Et attend.

— Ensuite?

Ensuite? Quand j'ai depuis longtemps été replié ici, sur mes terres. J'ai compris encore autre chose.

Et il attend, il attend d'avoir le courage de prononcer les mots. Les mots qu'il a pourtant si souvent, si longtemps brûlé d'adresser à cet homme-là.

J'ai compris que. Que tout ça, tous ces objets de mon monde. Une fois que je leur avais fait danser toutes leurs vies, toutes leurs connaissances, tous leurs rêves et tous leurs voyages. N'avaient plus, tous, qu'une seule chose à me dire. Et puis qu'en réalité, c'était sans doute aussi de cette unique chose là, d'elle seulement, qu'ils m'avaient tous parlé à travers leurs innombrables chants et toutes leurs danses.

Il attend. Il croit qu'il n'aura pas la force de prononcer les mots. Que l'épouvantable sanglot qu'il sent monter en lui ne lui en laissera pas le loisir.

Une seule chose. Et je ne sais pas pourquoi. Ni pourquoi cette chose-là. Ni pourquoi rien qu'elle. Je ne suis pas certain.

Il défaille à nouveau. Il faut que le Vieillard lui vienne en aide.

— Quelle chose?

Qu'en fait, au plus profond. J'ai toujours su que si mon souffle donne aux objets du monde le courage de chanter leurs chants du passé et de l'avenir, de la mémoire et de la connaissance, c'est que.

— Que…?

Damien rouvre les yeux. Et prend bien le temps d'être certain que oui, oui, oui, c'est vrai, que non, ce n'est pas un songe, que son Maître d'autrefois est bel et bien de retour, enfin, enfin, après de telles éternités de lutte et de douleur. Et qu'il va bel et bien enfin pouvoir lui dire ce qu'il a appris, tout au long de la route inaugurée par ses enseignements.

… qu'ils n'ont, tous, qu'une seule chose à me dire.

Qui je suis, moi!

Et ce que, pour eux, souffle mon souffle.

Cette fois, c'est le Vieillard, qui bondit sur ses pieds. Qui fuit. Il court se réfugier dans un autre recoin de nuit, de nuit encore plus profonde. C'est au tour du Vieillard, de brûler. Il vient de comprendre, en un éclair fulgurant, ce que son élève lui révèle là.

Que c'est le souffle même de Damien qui est une parole, un chant du cœur, passé ou à venir. Que les objets qui composent le monde, eux, sont les choristes qui lui répondent.

Que Damien. A le pouvoir de s'adresser directement au cœur du monde.

Et que le cœur du monde. Lui répond.

Dans le noir quasi complet, Damien écoute la respiration, forte, du Vieux, réfugié dans son coin.

Je crois que. Que je suis la solitude incarnée. Acceptée sans réserve. Acceptée aussi profondément, aussi totalement qu'un Humain peut l'accepter sans perdre tout espoir et, du même coup, son nom d'humain. Je crois que je suis l'ambassadeur des Humains auprès du monde sans voix. L'ambassadeur de l'appel à la tendresse qui constitue ce que c'est, un Humain. Et que le monde répond à ma présence. Parce que l'univers ne supporte pas la solitude.

Le Vieux est pétrifié. Abasourdi. Il cherche son air. Il a, sans l'avoir voulu, brandi une main en l'air, à bout de bras, signifiant à Damien d'attendre, de ne pas en dire davantage, pas tout de suite.

Alors Damien attend.

Jusqu'à ce que la main du Vieux redescende lentement, comme on abaisse le pavillon.

Le Vieillard tente de ralentir le flot des pensées sans formes, dans son esprit. Il est incapable de penser. Et tout aussi incapable de cesser de le tenter. Il s'appuie la tête au mur. Ferme les yeux. Ralentit sa respiration.

Damien attend. Sans broncher.

Vous n'avez. Jamais entendu parler de rien de semblable?

Le Vieux ne répond pas.

Et vous ne savez plus quoi faire, à partir d'ici?

Le Vieux ne répond pas.

Mais soudain. Venue de nulle part. Une certitude surgit dans l'esprit de Damien. Soudain, ce n'est plus par les yeux mais en esprit qu'il voit la scène qu'ils vivent là, tous les deux, le Vieillard et lui. L'appartement plongé dans le noir. Saccagé de fond en comble. L'ancien élève blessé, échoué au pied d'un mur. Le maître tremblant de terreur, de vertige. Il comprend. Une certitude effroyable. Qu'il hésite à énoncer. Mais il le faut.

C'est pour ça, que vous avez si peur?

Le Vieux ne répond pas. Même sa respiration, s'est tue.

Parce que vous ne savez plus quoi faire?

Il attend.

Et c'est pour ça. Que vous avez attendu si longtemps avant de revenir?

Un hoquet de douleur. Là-bas, dans le coin.

Ou bien peut-être que c'est. Autre chose que de la peur? Un immense vertige, peut-être? Devant la. La ligne à franchir?

La respiration reprend, rauque, profonde.

Ça y est? Vous y êtes? *Nous y sommes?*

Et il entend que le Vieux déglutit, au loin, péniblement.

C'est à cet instant-là, en entendant la souffrance, la douleur et le vertige qui fusent à même le souffle du Vieux, que Damien comprend ce qui se trouve au cœur du moment qu'ils sont en train de vivre là, tous les deux. C'est à cet instant-là qu'il pardonne. Qu'il sent. Qu'il sent la douleur accumulée en lui au cours de toutes ces innombrables, ces interminables années. Le quitter. Qu'il la sent s'évaporer. Qu'il comprend qu'il vient finalement de recevoir le don auquel il a aspiré de toutes ses forces, toutes ces années. Le droit d'être entendu. C'est à ce moment-là qu'il sent se désagréger l'étau entre les mâchoires duquel il est resté prisonnier si longtemps. Écrasé entre la solitude à même laquelle est tissé le monde des Hommes, et l'absence, le vide, qui le menaçait dans le monde des Mages. C'est à ce moment-là qu'advient la libération. Qu'il sent sa vie se remettre en marche. Qu'il sent les portes de *demain* se rouvrir en silence, au plus profond de lui. Qu'il sent. Qu'il sent une fraîcheur monter à même ses entrailles, là où depuis si longtemps il n'y a eu que le feu, que la pierre brûlante, que l'acier porté au rouge. C'est à cet instant-là. Que Damien lâche prise. Enfin. Enfin. Et qu'un long râle de soulagement le quitte. Il se laisse tomber en lui-même. Il abandonne tout. Ça y est! Il est parvenu à destination. Ça y est! Il est parvenu à son point de départ.

Alors.

Campé dans son coin de la pièce, le Vieux entend le souffle profond qui s'exhale de Damien, long à n'en plus finir. Et il voit tout à coup. Il voit et il entend, dans la nuit quasi complète où ils baignent tous les deux. Qui ne laisse luire que les crêtes des décombres répandus. Il voit et il entend, tout doucement, frémir les débris éparpillés sur le sol. Ils ne bougent pas, non, ils ne se déplacent pas. Mais le Vieillard sait immédiatement que. Que *quelque chose*, en eux tous, vient, oui, de se déplacer. Aussi imperceptiblement mais aussi sûrement que, debout, on fait basculer son poids d'une jambe à l'autre. Comme autrefois il a ressenti les tout premiers sursauts des tout premiers objets que son élève ait éveillés. La clé anglaise. Le gros fauteuil. Le balai. Mais. Mais cette fois-ci, le sursaut, le frémissement est d'une force telle. On jurerait qu'un vent léger vient de courir au ras du sol et des murs, que seuls les débris auraient senti passer. On jurerait que c'est tout l'air de l'appartement qui a frémi. Le léger froissement d'élytres d'une multitude de tout petits insectes.

Doucement, suspendue en l'air, semblant émaner des débris épars, des murs, du plafond et du sol. Se forme doucement une haute et étroite fumerolle d'argent. Ténue. Qui oscille. Puis qui lentement s'épaissit. Une poignée de poussière jetée en l'air. Et restée là, suspendue.

Damien respire à nouveau. Fort. Un râle profond. Lent. Qui n'en finit pas.

Et la forme sans formes, la. La présence, accrochée en l'air, semble respirer aussi. Semble accompagner le souffle de Damien. Les débris crissent à nouveau, encore plus fort. La forme s'allonge encore.

Damien inspire encore une fois, à fond, et expire comme le Vieillard n'a jamais entendu personne expirer. À chacune des pulsations, la colonne de poussière s'enfle. Elle semble attirer à elle la substance même de tous les fragments de la pièce. Jusqu'à ce qu'apparaisse lentement, en transparence, à travers elle. Une tache. Ni claire ni sombre. Un mouvement. Une densité. Un point. Qui grandit. Qui grandit rapidement, à chacun des souffles. Jusqu'à ce qu'apparaisse. La silhouette d'un grand garçon, nu. Dans la colonne, un garçon qui semble marcher vers eux, vers les deux hommes, qui semble venir de loin et grandir à chacun de ses pas.

Damien exhale encore. Et tout à coup, le garçon est là, debout au milieu de la pièce, la tête penchée vers Damien. Immobile. La fumée a encore gagné en masse, jusqu'à être opaque. S'est élargie. Et soudain, il y est. Un grand garçon est là, venu de nulle part. Issu de la rencontre de Damien et du monde. Le grand garçon lève lentement la main, la tend vers Damien qui ne le regarde pas. Qui a de nouveau fermé les yeux. Alors, de tous les fragments d'objets éparpillés dans l'appartement, monte une voix douce, basse, chaude. Qui murmure.

— Je voudrais être près de toi.

Ce n'est pas le garçon, qui parle. C'est la substance même du monde qui entoure les deux hommes.

Seul le mouvement de la tête de Damien, qui roule contre le mur, dit qu'il a entendu. Il continue de respirer bruyamment, à fond. Il n'est plus rien d'autre que son propre souffle.

— Je voudrais. Que tu me laisses être près de toi. Et t'entendre encore.

C'est alors que Damien rouvre les yeux. Et regarde directement dans ceux du garçon.

Il pleure. Damien. Et il pleure. Le garçon.

— T'entendre.

C'est une prière. C'est une supplique.

Damien referme les yeux. Et son souffle commence à se transformer. Les râles deviennent doucement une mélopée. Douce. Un murmure. Un chant de joie et d'abandon à la douceur d'être. Damien chantonne. Sur le souffle.

Le jeune homme debout devant lui renverse la tête en arrière. Et le Vieillard le voit. Sourire. Un sourire aussi doux que la brise qui accompagne les aubes de juillet.

Après un long moment, le garçon. Se met à bouger, tout doucement.

À danser, là, dans le bureau détruit.

Et le Vieux est. En a immédiatement le souffle coupé, à nouveau. Le garçon bouge dans la pénombre, il semble être la matière même du chant de Damien.

Quelques faibles et étroits reflets de lumière, ici et là, accrochent une main, une cuisse qui passe, un bout de dos, un ventre, une nuque. Et la grâce. La grâce des mouvements du garçon est telle, que. Que le Vieillard comprend, comprend, tout à coup. Dans son esprit, les éclairs se succèdent, venant de toutes les directions à la fois. Il comprend que oui, Damien a raison. *Nous y sommes!* Enfin! C'est ici qu'un monde ancien s'achève. Cette nuit même. Qu'un monde nouveau se met en branle. Il comprend qu'un mur vient de s'effondrer, derrière lequel vit. Un autre pan du monde. Il comprend que rien, qu'aucune de ses innombrables et essentielles connaissances ne pouvait le préparer vraiment à ce qui vient de commencer à vivre. Du même mouvement, il est renversé par une vision qui se saisit de lui, venue de ses combats passés. Les danseurs de décombres! Il comprend enfin. Il comprend de quelle splendeur cette folie, autrefois, était la perversion. Il comprend, il voit, de ses propres yeux, il lit dans l'élégance du garçon toute la folie qu'il y a à prétendre que l'amour serait cousin de la mort. Puis il lui revient, d'un seul coup, en cascade, à pleins flots. Les récits. Les souvenirs. De toutes parts. Un garçon, le ventre arraché à coups de griffes, dans le corridor au tapis déchiré d'une tour d'habitation, qui hurle et qui pleure l'amour impossible. Et le grand oiseau qui plane en criant, bec et serres trempés de sang. Il lui revient la voix d'un vieil ami lui racontant une nuit d'horreur. Un guerrier sorti tout droit d'un cauchemar, lançant son javelot à travers la poitrine du jeune homme. La mort. Il lui revient toutes ces images de la mort se réclamant de l'amour. Un chevalier d'argent, qui se vide de son sang. Un vieillard et une toute jeune femme, il y a des siècles et des siècles de cela, qui savent que cette nuit d'étreinte, entre eux, sera la seule, la seule pour l'éternité. Qui savent qu'ils sont en train de changer le cours de l'histoire des Hommes. Et que cette histoire s'appellera désormais. La Guerre.

Le Vieil Homme voit et comprend tout cela. Mais tout cela n'est rien, rien du tout, en regard de la grâce qui est la matière même du garçon qui danse. Dans la grâce qui anime le garçon, le Vieillard voit l'espoir. Il voit la tendresse danser devant lui comme le jour se lève. Il voit la vie se déployer, courber la tête puis la redresser. Repousser le monde loin de lui, à deux mains, puis l'accueillir à bras grands ouverts. Il voit le garçon danser comme Damien, tout au fond des replis de lui-même, a conservé l'empreinte de ce garçon-là dans sa vie. Et. Et. Soudain, pour la première fois depuis des éternités, le Vieillard se dit, sans même avoir à se le dire, soudain le Vieillard *sait*! Que *non*! Que tout n'est pas perdu! Le Vieillard est partagé, déchiré, entre cette compréhension qui se fait jour en lui comme une aube soudaine, et la merveille qu'est la grâce de ce corps qui coule dans l'air. Qui se laisse être sculpté par la voix de l'homme qu'il aime, dans la pénombre d'une nuit, au terme de la traversée de l'horreur.

Le chant de Damien, il. Les images d'autrefois, les images des danseurs de décombres, et celles du couple faisant l'amour comme on quête la puissance, s'estompent déjà dans l'esprit du Vieillard, lavées par la beauté du corps qui ondule, qui transcrit en mouvements lents la tristesse du chant de Damien. La tristesse qui monte dans les entrailles du Vieillard. Une tristesse. Qui n'est pas le désespoir. Une tristesse qui est la joie, mais la joie envolée. Mais toute la joie. Et la tristesse monte, monte à l'intérieur du Vieillard. Qui ferme les yeux. Et écoute. Écoute la voix douce de Damien qui chante les rires et les pleurs à la fois, les sourires et l'absence. Sa voix et la danse sont une lumière douce, elles sont la nuit qui amorce son recul. Une brûlure qui s'endort.

Le Vieillard écoute, en lui, venues de toutes les régions de son immense vie, les images qui montent, rappelées par le chant de Damien, par son souffle. Il revoit des lacs et des tempêtes. Des forêts de chênes immenses. Des départs et des retours. Des caresses échangées. Des corps sanglants étendus dans des clairières. Des adieux et des rires de joie disant *Bienvenue dans ma vie.* Le chant dure, et dure, et dure. Et tout à coup, continuant de débouler en lui-même, le Vieillard comprend, voit, ce qu'est ce chant qu'il entend autour de lui et qui au même instant chante aussi jusqu'au plus profond de sa vie. C'est un chant de remerciement, d'action de grâce pour la présence. Pour le miracle de la présence et de la tendresse partagées. Aussitôt, ses paupières se soulèvent, il veut parler, ça y est ! Il a compris !

La vie n'existe. Que pour permettre la tendresse !

Le Vieux veut appeler Damien. Il veut aller jusqu'à lui. Prendre ses deux mains dans les siennes. Et s'exclamer.

Je comprends. J'ai compris, Damien, mon ami, mon élève d'autrefois. Je comprends ton chant !

Mais aussitôt qu'il ouvre les yeux, tout désir de parler s'évanouit. Ce sont dix jeunes hommes, à présent, qui les ont rejoints, Damien et lui. Ou peut-être douze. Ou quinze. Le Vieillard est tellement bouleversé par sa vision qu'il ne lui vient à l'esprit ni de les compter ni de les détailler. Il est. Saisi. Comme jamais, jamais au cours des siècles, il ne l'a été. Le premier danse toujours. Les autres sont assis de part et d'autre de Damien, au pied du mur, et l'écoutent en souriant, leurs respirations épousant la sienne. D'autres sont assis, jambes croisées, en arc de cercle devant lui. Quelques autres encore sont restés debout, appuyés aux murs, bras croisés. Il y en a un, juste là, à côté du Vieillard, dans le recoin de noirceur, assis sur le sol, lui aussi, que le Vieillard n'a pas entendu approcher et qui le fixe des yeux. Tout à coup. Oh, oh, tout à coup, de toutes ces gorges-là, de toutes ces bouches-là, de tous ces corps à qui la vie réserve encore ses merveilles à pleins paniers, à pleins coffres, et des murs, et du sol même, en contrepoint, s'élève. La réponse radieuse de la jeunesse au chant de Damien. Et le Vieillard, le Vieillard a peine à respirer tellement est puissant le flot de splendeur qui se met à déferler. Il se sent respirer. De la lumière.

Tout, tout, tout ce qu'il peut se trouver de présence derrière les yeux d'un amant, tout, tout, tout ce que peut raconter une caresse, chante et virevolte dans les gorges de ces garçons. Tout ce que peut évoquer un rire partagé. Toute la lutte contre les paupières qui voudraient retomber après l'amour, mais laisse-moi d'abord un peu te regarder encore. Toutes les promesses qu'au cours de sa vie l'on sent chercher leur forme, qui leur permettra de se réaliser dans les premiers pas d'un enfant sont là, qui chantent et qui dansent devant lui. Le Vieux voudrait crier non, voudrait leur hurler de se taire. Que l'on n'a pas le droit de. Que l'on ne peut pas. Que nul ne devrait. Que le corps humain n'est pas assez fort pour résister sans éclater à une force pareille. Mais c'est impossible, la vague est trop forte. Il n'a plus de souffle pour parler. Alors il s'abandonne. Il lâche prise. Il est arraché à lui-même.

Le Vieillard ébahi est projeté à toute force à travers le temps et l'espace. Il aperçoit en un éclair, en mille lieux, en mille époques, des garçons qui chantent. Des multitudes de garçons. Assis en rond autour d'un feu, au milieu d'un désert. Sur le pont d'un grand navire de bois par une nuit sans vent. Appuyés au pied de hautes murailles. Ou à la veille d'une attaque dont ils ne sauront que demain soir s'ils doivent ou non lui survivre. En mille lieux, en mille époques, protégés des bourrasques déchaînées de la neige, du sable, au fond de gigantesques gorges rocheuses qui leur renvoient son écho, en Grèce, en Chine, dans les montagnes de tous les continents, sur les places de mille villages de pierre, de bois ou de boue séchée, c'est le chant de la jeunesse amoureuse, chantant doucement.

Quoi qu'il doive m'advenir,
Ô mon amour,
Mon bel amour,
Quel que soit le chemin qui m'attend,
Merci d'avoir été mon cœur,
Merci d'avoir été
Dans ma vie
La réponse de la vie.

Les voix se sont tues.
Toutes, hormis celle de Damien.
Et le garçon a cessé de danser.
Il est assis parmi ses camarades, à présent. Et regarde Damien, lui aussi.

Dans un appartement saccagé de centre-ville nocturne, les jeunes et le Vieux écoutent Damien chanter. Et tous sont recueillis, émus, sereins et confiants.
Le Vieux laisse tourbillonner en lui les échos et les fragments de ce qu'il vient de voir et de comprendre. La source même du sentiment de la jeunesse, chez cent générations de jeunes hommes. La source même qui est à la fois la joie. Et l'enjeu du pouvoir. La source que tous les fous de puissance, depuis le début des temps, ont souhaité harnacher, contrôler pour en faire jaillir l'horreur. Il voit danser dans son esprit. La ligne. La

211

ligne de partage entre un feu de joie et la bombe qui explose au milieu d'une foule. Pour la première fois peut-être de toute sa longue vie, grâce au chant qui continue de tourbillonner doucement, il comprend la source de sa colère ancienne.

Damien chantonne encore. Il garde les yeux fermés. Tout le visage du jeune homme assis près du Vieillard est un immense sourire tendre. Le jeune homme demande, à voix très douce. Et sa voix, à lui aussi, semble provenir de tous les fragments, de tous les débris éparpillés autour d'eux.

— Alors, c'est toi ?

La voix tire le Vieillard de ses réflexions. Il lui faut faire un effort immense pour trouver le moyen de répondre.

— Moi ?

— Qu'il attendait ? Toutes ces années ? Qu'il a attendu. Toute sa vie ?

Une grande vague de tristesse vient se briser sur les entrailles du Vieillard. Le Vieillard fait oui de la tête.

— Tu prendras soin de lui ?

— De mon mieux.

Le jeune homme hoche la tête. Il comprend.

— Dis-lui. Plus tard. Quand le moment sera opportun. Dis-lui qu'il a été un grand cadeau, dans ma vie. Dis-lui. Que je lui souhaite bonne route. Tu veux bien ?

Le Vieillard hoche à nouveau la tête.

Le jeune homme lui tend la main. Le vieil homme la prend. La serre. Elle est chaude. Douce.

Il y a près de trente-cinq ans de cela, dans une pièce immense, éclairée par la lumière venant d'un feu brûlant dans un grand âtre, au moment où ils allaient se séparer, le Vieux a dit à Damien.

— Il ne me reste qu'une seule chose à te dire, et alors je t'aurai dit tout ce que je sais à ton sujet.

Le tout jeune Damien, dans ses bras, grelottant de peur, avait été tenté de lui couper la parole, tellement il était impatient d'apprendre une chose encore, n'importe laquelle mais encore une, je t'en supplie, avant de se retrouver totalement seul.

— Quoi? Qu'est-ce que c'est? J'ai peur, Ex. Dis-moi, aide-moi, donne-moi un indice. N'importe lequel. Autrement, je ne serai pas capable. Je ne pourrai pas, je le sais. Aide-moi, je t'en supplie.

Le Vieux l'avait serré contre lui encore un peu plus fort, pour le rassurer. Pour que le jeune homme puisse bien graver jusque dans ses os le souvenir de cette étreinte. Puis, il avait murmuré.

— À partir de toi, il y a des choses que je ne sais pas.

De pur effroi, de pure panique, le jeune avait voulu s'arracher à ses vieux bras et se laisser couler sur le sol. Mais le Vieux l'avait retenu, avait insisté pour continuer.

— Tout ce que je sais, tout ce que j'ai appris et compris au fil des siècles m'a mené jusqu'à toi. Et à d'autres comme toi. Quelques-uns. À peine une poignée. Mais à partir de toi, à partir de vous. Je vais devoir recommencer à apprendre. Vous êtes la ligne que je dois traverser. Peut-être la dernière de toutes, je ne sais pas. À partir de vous, une science presque aussi ancienne que le monde des rêves des Humains. Ne suffit plus. Il faut. Il faut recommencer à apprendre. À apprendre autrement. Et je ne dispose d'aucun indice. S'il en existe, il faudra que ce soit vous qui me les apportiez. Moi, je ne sais plus rien. Rien. Le monde. Cette fois, le monde recommence. Ou s'arrête. Je pourrai peut-être vous aider. Mais le voyage sera sans doute terrifiant. Pour nous tous.

Et, immédiatement, Damien s'était retrouvé dans sa chambre d'adolescent, hagard. Seul. Il y a trente-cinq années de cela.

C'est cette nuit, couché dans les décombres de sa vie dévastée, à chanter merci à la vie et aux êtres dont il a croisé les routes, à écouter les quasi-sanglots du Vieillard qui autrefois lui a indiqué la porte menant derrière les apparences, que Damien comprend soudain. Que sa traversée du désert de glace est achevée. Et qu'il a mené à bien la tâche qui lui avait été assignée.

Que c'est ici, en cet instant même, que commence le véritable chemin.

Plus tard.

Le temps a passé. Damien s'est tu. La présence des jeunes gens s'est dissoute.

Ils dorment, tous les deux. À des mètres l'un de l'autre. Ils ne voient pas le soleil se lever et entamer sa course.

Le Vieillard est le premier à s'éveiller. De son coin, il regarde Damien dormir, là-bas. Et il est bouleversé de reconnaissance. Il y a. Il y a des siècles, qu'il n'avait plus dormi, lui semble-t-il. Il se sent. Rompu de partout, comme si on l'avait, des mois durant, battu à grands coups de bâton. Et pourtant, revenu à une vie qu'il avait crue à jamais révolue. Il se sent. Frais. Il sent. Une source d'eau fraîche, claire et limpide, couler en lui.

Silencieux comme la lumière, le Vieillard se lève. Contemple le sommeil de son élève d'autrefois. Son élève qui a commencé à devenir un frère. Il décide d'aller marcher. D'aller parcourir un peu le monde en attendant le réveil du jeune homme de cinquante ans. Presque un enfant, encore. Qui va faire tout bientôt ses tout premiers pas d'adulte.

L'instant d'après, le Vieillard n'y est plus.

Lorsque Damien rouvre les yeux.

Le jour achève. Par les immenses fenêtres, le ciel flamboie, tout fondant d'orangés, de roses et de mauves dans lesquels baignent, flottant sur le dos, quelques minces lambeaux de nuages.

Dans l'appartement dévasté, les rayons d'or inondent jusqu'au fond l'appartement. La lumière, un chant d'éternité.

Damien a tout juste le temps de prendre conscience de ce qu'aujourd'hui, en lui, la vie n'a plus du tout le même goût. Il n'y a plus la douleur. Il n'y a plus le roc de l'absence. Il n'y a plus de combat, soudain. Il n'y a plus la terrible torpeur contre laquelle il a sans cesse lutté toutes ces années, à chacun de ses réveils. Il se sent. Revenu à une vie qu'il avait crue à jamais révolue. Il se sent. Frais. Il se sent. Une source d'eau fraîche.

Tout de suite, une voix douce, à l'accent un peu étrange, venue de tout près, murmure.

— Bois.

Il se redresse sur un coude. Oh, il a mal dans tout le corps. Il parvient tant bien que mal à s'appuyer une épaule contre le mur. Et il n'est rien d'autre qu'un sourire. Cette. Cette prodigieuse légèreté, partout, en lui.

Monsieur Kâ est là. C'est vrai. Il n'a pas rêvé. Monsieur Kâ est là. Assis contre le mur, juste ici, juste à son côté. Damien prend le grand bol de plastique rempli d'eau. L'un des rares objets à avoir survécu presque intact à la tornade de feu et de hurlements d'hier. Était-ce hier? Non, c'était dans une autre vie. Dans la vie d'un autre. Damien boit. L'eau est une merveille. Une source. Il offre au Vieux de lui remettre le bol. Mais le Vieux lui fait signe que non. Alors Damien dépose le bol sur le sol. Puis refait des yeux, encore une fois, le tour du champ de décombres. Il n'y a aucune tristesse, en lui. Aucun vestige, aucun regret.

Rien qu'un soulagement sans bornes. Il vit. Il a traversé la terrible épreuve de mettre à jour la fibre de sa vie. Ses yeux se vissent à ceux du Vieillard. Et tout à coup les deux hommes éclatent de rire. Tout doucement. Et leur rire est si pur, si joyeux, qu'il semble être l'écho de la lumière impériale qui coule sur eux par les grandes fenêtres.

Plus tard.

Damien a mangé. Un peu. Le Vieillard lui a apporté de la cuisine saccagée quelques bouts de pain qu'il a pu récupérer, et deux fruits.

Puis, le Vieux a aidé Damien à se relever, tout doucement. L'a mené jusque dans la salle de bains. Durant le sommeil de Damien, le Vieux avait nettoyé la pièce, l'avait vidée des débris de miroir et de flacons multicolores éclatés, piétinés. Dans le noir, sur le rebord du lavabo, trois bouts de chandelles jouent à être des fleurs dont le parfum est une lumière. Le Vieux a installé Damien debout dans la baignoire, et tout doucement, comme on rend hommage à la statue d'un dieu découverte contre tout espoir sous les décombres d'une ville ancienne, il l'a lavé. De la tête aux pieds. Comme on fait d'un blessé que l'on est parvenu in extremis à retirer du front. Tout doucement.

Après la cérémonie, le Vieillard a voulu que Damien s'enveloppe d'un drap déchiré, mais Damien a refusé d'un petit signe de tête. Il préfère rester nu. Ils sont revenus dans la grande pièce, tous les deux. Le Vieux à moitié portant le plus jeune, et l'aidant à marcher. Ont repris leurs positions de la veille, assis sur le sol, l'un face à l'autre. Et la nuit, elle aussi, était de retour avec eux.

Damien s'est peut-être rendormi. Plusieurs heures encore ont sans doute passé. Le jour s'est levé depuis longtemps. Un jour triste, dans les grandes fenêtres aux rideaux arrachés. Un jour de pluie, gris et lourd. Lorsque Damien ouvre les yeux, le Vieillard le fixe. Le vrille.

Ça y est? Il va falloir y aller? demande Damien.

Et, doucement, le Vieux opine.

De l'autre côté, qu'est-ce qu'il va y avoir?

Le Vieillard prend le temps de détailler le plafond, avant de ramener son regard sur Damien et de répondre.

— Je n'en ai pas la moindre idée.

Maintenant? Tout de suite?

— Quand tu seras prêt. Tu veux prendre quelque chose?

Damien secoue tout de suite la tête. Non, il ne veut rien emporter.

— Je…

Oui?

— J'aimerais. Tu m'as tout dit de toi. Je voudrais t'en remercier. Et te rendre la pareille. Te faire connaître un endroit. Qui est l'un des cœurs de ma longue vie à moi. Un endroit. Désert. Tout de soleil et de sable. Qui est le cœur même de pans entiers de mon existence. Mais qui n'est pas la plage secrète d'une île des mers chaudes.

Damien, intrigué, touché par l'offre qui lui est faite, hoche doucement la tête.

Et, l'instant d'après, il n'y a plus personne dans l'appartement qui semble avoir été frappé de plein fouet par une tornade déchaînée.

🖐

Là où les deux hommes se retrouvent, la lumière plombe, en effet.

D'une effarante intensité.

D'un éclat à peine soutenable.

Monsieur Kâ et Damien sont assis au sommet d'un amoncellement de rochers noirs, tranchants, posé au sommet d'une haute colline.

Et devant eux, en contrebas, à perte de vue, tranchant net sur un fond de ciel noir d'encre, sous une coupole d'énormes étoiles scintillantes, s'étend une plaine de sable, aussi unie que le tapis d'une table de billard. De sable gris. Une plaine grise à perte de vue. Aveuglante de lumière réfléchie.

L'aveuglante lumière, venant de bas derrière les deux hommes, projette sur la plaine leurs immenses ombres portées. Des ombres hyper-dessinées, sur-découpées, massives. D'une force d'évocation, d'une vitalité telle, qu'on les croirait toutes deux sur le point de se lever, de leur propre chef, et de se mettre en marche.

Le souffle coupé au spectacle de la splendeur glacée au sein de laquelle il vient de se retrouver projeté, fasciné par les deux ombres de géants couchées sur le sable de la plaine, Damien lève lentement un bras. Puis l'autre. Aussitôt, en guise de réponse, là-bas, sur le sable gris, la silhouette opaque de l'un des deux Ramsès colossaux lève elle aussi un bras. Puis l'autre. Puis, elle aussi, remue les doigts.

Damien lève la tête. Le ciel est d'un noir encore plus profond que celui des nuits de janvier. Plus opaque que la nuit. Et les étoiles. Pourquoi sont-elles cette nuit aussi brillantes?

Avant que Damien ait eu le temps de tourner la tête pour regarder, derrière eux, le soleil par-dessus son épaule, il se rend compte qu'un mouvement agite la vaste plaine.

De partout, de légers frétillements.

Qui gagnent en clarté. Et tout à coup. Damien ouvre la bouche de stupeur.

Ce ne sont pas des frétillements, pas des frétillements du tout, mais le mouvement incessant de. De tout petits animaux? Tout ronds?

Non. Ce sont des têtes, des têtes humaines. Qui roulent dans tous les sens. Un tapis de têtes. La plaine entière est composée de têtes grises, sans cesse en mouvement. Et ayant toutes le même visage. Celui de Monsieur Kâ. Celui de Monsieur Kâ, toujours. Mais chacune ayant sa propre expression. Rires. Pleurs. Sourires. Grimaces de colère. D'angoisse.

Damien se tourne vers Kâ. Remue les lèvres pour lui demander ce qui se passe. Mais aucun son ne sort de sa gorge.

Monsieur Kâ lui fait signe. Ne parle pas. Pense.

Damien ne comprend pas.

Le doigt de Monsieur Kâ, contre sa propre tempe, insiste. Pense! Puis va de lui à Damien. Pense! Pense à ce que tu veux me dire!

Damien se concentre.

Comme ceci?

Et, tout au fond de son esprit, la voix de Monsieur Kâ lui répond.

— Oui. Très bien. Comme ça.

Damien est complètement soufflé, ébahi.

Il tente à nouveau de formuler avec ses lèvres sa question à Monsieur Kâ, mais Monsieur Kâ l'interrompt immédiatement en se tapant à nouveau, avec plus d'insistance encore, le bout de l'index sur la tempe, alors même que dans l'esprit de Damien fuse un ordre péremptoire.

— Pense! Ne parle pas, *pense*!

Mais où sommes-nous?!

Monsieur Kâ balaie la plaine d'un lent et ample geste du bras, tandis que, couchée sur la plaine, son ombre, elle, semble désigner le ciel.
— C'est la Plaine des Deuils. La plaine de mes deuils. C'est ici, loin de tout, que depuis les débuts de ma vie je suis venu déposer mes regrets les plus sourds et mes douleurs les plus secrètes.
Loin de tout? interroge Damien en pensée.

Monsieur Kâ lui sourit doucement. Et se retourne pour regarder derrière eux.
Damien l'imite. Et fige aussitôt.

Cette énorme boule turquoise et terre de Sienne, largement tachetée de blanc, suspendue très haut au-dessus de l'horizon, ne peut être que la Terre!

Damien essaie à nouveau de parler. Et, cette fois-ci, Monsieur Kâ ne se donne même pas la peine de lui rappeler de penser. Damien le comprend instantanément par lui-même.

Sur la Lune?!

— Où d'autre t'imagines-tu que pourrait bien être située la Plaine des Deuils?

Éric et Catherine

Ensuite, il y a…

Ces deux-là, qui font l'amour.

Doucement. Lentement. Comme la mer calme, par une nuit sans vent, vient en murmurant se coucher sur les galets.

Ils bougent à peine, se caressent du bout des doigts, des yeux, du souffle. Leurs mains s'égarent, s'envolent, se retrouvent. Au ralenti. Caresses plus légères que cette aube naissante qui se glisse entre les lames du store. Moins qu'une lumière. La lente et discrète approche d'une promesse tenue.

Leurs gestes, à peine un bruissement. Leur souffle, à peine une vie. Leur tendresse, à peine une présence. Doucement.

Chacun, le radeau de l'autre.

Cette fille et ce garçon s'aiment. Ne demandent rien. Ne donnent rien. Aiment. La simple et douce et tendre et apaisante présence de l'autre au cœur et aux pourtours de soi. L'autre, partout en soi, et ses paumes qui vous sculptent. Oh. Lentement.

Rejetés et retenus, abandonnés et captifs, ils se disent tout, tout ce qu'ils peuvent, et même cela qu'à eux-mêmes ils taisent. Ils avouent tout, tout,

tout. Ne gardent rien. N'évitent rien. De toutes leurs forces.

Il n'y aurait plus lieu de s'interroger sur l'emplacement exact du paradis, s'il n'y avait ses larmes brûlantes, à lui. S'il n'y avait l'inquiétude fiévreuse dans ses yeux, à elle, posés sur lui et sur ses pleurs.

Ils bougent en s'aimant, ils s'aiment en un lent ressac, chacun glisse entre les doigts de l'autre comme un peu du sable chaud d'une plage bénie. Seulement, sans bruit, ses larmes à lui coulent à flots. Sa gorge à elle, et ses seins, ses épaules, son ventre, en sont inondés. Il pleure. Et elle le boit des yeux, cherche tendrement, comme un sourcier dans la nuit, des paumes, des cuisses, de chaque point de contact avec lui, d'où peuvent bien jaillir ces pleurs. Pourquoi pleures-tu? Elle n'ose même pas murmurer les mots. Elle n'ose même pas le serrer, l'écraser tout contre elle, entre ses bras, elle le laisse bouger, pleurer en silence, dériver doucement, sans rien oser. Et lui. Lui, ne s'excuse pas, pour ses larmes, ne les pousse pas plus qu'il ne les retient. Lui non plus, ne dit pas la phrase qui tourbillonne en lui. Si tu savais, mon bel amour. Si tu savais.

À eux deux, ils sont la mer calme qui se fait l'amour à elle-même. Et qui pleure et qui est la consolation.

Le soleil n'était pas encore couché qu'ils étaient déjà nus, chacun prisonnier des mains, des prunelles, des lèvres de l'autre. Et voici déjà l'aube? Toute la nuit, ils se sont aimés, aussi simplement que l'on respire. Toute la longue nuit. Déjà.

Et toute la nuit, en la caressant, en la lavant des yeux, en la polissant de la joue, il l'a inondée de ses larmes.

Et toute la nuit, elle n'a eu que lui au monde. Et s'est demandé pourquoi toutes ces larmes. Et son cœur à lui murmurait. Si tu savais! L'exclamation tourbillonnait en lui, était la fièvre même qui court sur sa peau.

Ni elle ni lui n'a dit à haute voix Je veux faire l'amour avec toi. Et que, surtout, cela ne finisse jamais. Ni l'un ni l'autre n'a mis de mots sur leur crainte commune. Sa jouissance. La sienne, à lui. Et le torrent d'images qui s'empare de lui, au moment de la jouissance. D'images dont elle n'a pas la moindre idée. Elle ne voit que les larmes, n'entend que les gémissements, les plaintes, ne ressent en le caressant que les spasmes que suscite parfois le maelström d'images et de sensations. Qui le remplit et qui le déchire. Le transporte. Des images, à toute vitesse. Qui le jettent de tous les côtés. Qui défilent si vite qu'il a tout juste le temps de les apercevoir.

Des images.

Deux garçons qui s'aiment passionnément, qui roulent sur un tapis en se caressant, qui se mordent, qui se déchirent, littéralement, l'un l'autre, à pleines dents. Le sang gicle de leurs ventres, de leurs cuisses, de leurs nuques.

Et puis des hommes, la plupart jeunes, au fil des siècles, qui s'ouvrent les poignets, se pendent à la poutre du plafond de leur chambre, se jettent dans les torrents de fleuves puissants ou du sommet de hautes falaises.

La statue ancienne d'un guerrier grec, qui est tout à coup parcourue par un frisson, puis qui lentement tourne la tête et suit un moment des yeux deux hommes qui passent à cet instant une porte percée au pied d'une grande muraille et disparaissent. Puis qui entreprend de lentement descendre de son socle. Et de s'élancer à leur poursuite.

Au beau milieu du couloir d'une tour d'habitation moderne, un jeune homme en longue toge blanche, qui hurle, la tête rejetée en arrière. Tandis qu'un aigle fonce dans sa direction à tire-d'aile.

Un vieil homme maigre aux cheveux gris, à la voix douce, la pluie qui tombe contre les carreaux, les hauts murs de pierre froide de la grande salle, et le tronc entier d'un arbre qui brûle dans l'âtre.

Deux rats, au fond d'un tunnel, qui. Qui discutent. Le plus jeune chante, c'est un poète. Et dans un instant la terrible bataille va déferler.

Un vieillard infiniment triste, aux traits burinés par le vent, à la peau de craie de celui qui depuis des siècles n'a plus été caressé par le soleil. Qui sort, pesamment, lentement, à contrecœur, des sous-sols d'une haute tour d'habitation. Au bord d'un large fleuve. Un petit groupe l'attend. La Lune et les étoiles sont couvertes par la fumée dense qui vient de par-delà le grand fleuve. Et par des multitudes d'oiseaux qui tourbillonnent en silence. Tellement d'oiseaux que le ciel de nuit semble vivant. Des loups hurlent. Au loin, une foule fuit en hurlant aussi.

Le vieil homme maigre aux cheveux gris et à la voix douce, encore une fois, dans la grande salle de pierre à l'âtre immense, immobile, statuesque, qui écoute les notes qui, depuis la pièce voisine, s'égrènent d'un piano.

Un jeune Japonais, penché sur une civière de bois. Sur un vieillard, étendu sur une civière de bois. Autour d'eux, une armée de serviteurs bouleversés. Et le jeune homme embrasse encore et encore la main fanée du vieillard. Tandis que le vieillard sourit tendrement. Et parle de colibris.

En plein cœur d'une bataille dantesque, par une aube noyée dans la boue, le tonnerre et les éclairs que lancent les canons, un jeune officier, sur son cheval, aperçoit soudain, étonné, ravi, le visage de l'être qu'il aime, qui vient de surgir à sa vue. Un obus tombe juste derrière le jeune officier souriant, qui ne l'a pas entendu approcher, tout abandonné qu'il est à son bonheur soudain. Et tout à coup, dans les mottes de boue qui achèvent de pleuvoir, il ne reste plus que son torse, sur le cheval. La tête du jeune officier a disparu, remplacée par un geyser de sang.

Le garçon et la fille se caressent à s'en user les paumes et la langue. Elle est éperdue de bonheur sous ses caresses à lui. Et sur sa peau à elle, ses larmes à lui sont une rosée qui ne s'assèche pas. Qui se mêle à la sueur. À la salive. La fille part et revient, balancée entre l'extase et la peine. Et lui, la caresse, elle, et se laisse être caressé par elle. Et tous les deux sont aussi lents qu'ils peuvent l'être. L'un et l'autre sait. Que ni l'un ni l'autre ne veut que ce long et lent geste là ne s'achève. Et surtout pas dans la jouissance. Parce que l'un et l'autre sait qu'avec la jouissance viennent, pour lui, à travers le bain de lumière, les hurlements de vertige, de déchirement, et, pour elle, à même le déferlement de pure joie, la conscience de son abominable douleur, à lui. Qu'elle aime. De tout son être.

Voilà trois semaines qu'ils s'aiment. Et chaque moment de jouissance, presque dès le tout premier, a été cet atroce, ce sublime ouragan d'abandon et de douleur fulgurante, de retrouvailles avec le centre même de leur vie et le désespoir sans borne.
À chaque fois.

Chaque fois, pour lui, à mesure que le rythme de leurs caresses se resserre, que leur souffle s'accélère, les images se précisent, se rapprochent, s'accélèrent, elles aussi, et deviennent. Réelles. Non plus des souvenirs, non plus des images, mais des lieux où il se retrouve. L'un après l'autre. À la vitesse de l'éclair.

Si tu savais, mon bel amour. Si tu savais où la joie d'être en toi, près de toi, et de t'avoir tout autour de moi me projette. Si tu savais combien je voudrais te faire pleurer de joie. T'entendre encore. Pleurer et rire. Mais de fois en fois, le voyage est plus vrai, plus concret. Si tu savais.

Alors cette nuit, sans même avoir eu à se consulter, ils se sont inventé, tous les deux, à coups de caresses retenues, à force de douceur et de rien d'autre, à force d'attention à tout l'autre, ils se sont inventé cette plage-là, cet océan-là, calme, cette marée-là, traînante, que composent leurs corps et leurs membres, leur âme, leur mémoire, leurs rêves. Ils se sont inventé cette route-là, dont ils feront tout pour qu'elle n'arrive nulle part.

La promesse de l'aube, découpée par le store, a eu le temps de s'enfler avant que le garçon ne se décide à rompre le silence. Il saisit tendrement, à deux mains, la tête de la toute jeune femme qu'il aime, et à coups de baisers, lui ferme les yeux. Il couvre son visage de baisers et de larmes. Doucement. Puis, la bouche tout contre son oreille, il fait, tout bas, aussi bas que dans un rêve. Chuuut. Chuuut. Jusqu'à ce que les traits du visage de la jeune femme qu'il aime se détendent. Il la caresse jusqu'à ce que, doucement, les dernières braises d'inquiétude s'éteignent en elle.

Alors, il la berce. Imperceptiblement. Aussi tendrement qu'on berce un enfant de verre. Un dernier sourire affleure aux lèvres de la jeune femme. Puis. Elle s'endort. Le garçon la regarde dormir. Entre ses larmes.

Le store s'agite. À peine. Dans un léger souffle de vent doux.

L'univers entier est doux. Son visage à elle. L'air. La lumière. L'infinité du corps de cette femme-là. Et jusqu'aux plus profondes régions de l'âme du garçon. La douceur. Le monde, la vie même, sont d'une telle douceur, être est si paisible, si calme, qu'au fin fond du jeune homme, un murmure s'approche. Une voix, que le jeune homme a entendue il y a peu. Une voix chaude. Et terrible. Qui disait.

Qui dit des mots terrifiants.

Des profondeurs du jeune homme, les mots remontent. Mais non, se dit le garçon, c'est impossible ! Nous ne bougeons plus. Elle ne me caresse plus. Elle dort. Comment cela serait-il possible ? Mais les mots montent quand même. Et, avec eux, des larmes redoublées. De douleur et de tendresse. Soudain, les larmes ne sont plus silencieuses. Le garçon sanglote. Les sanglots gagnent en force, à toute vitesse. Déjà, les spasmes. C'est impossible ! Il n'en peut plus. Il est épuisé. De se guetter lui-même. Depuis des mois. Et voici que, malgré toutes les précautions qu'il déploie depuis des mois, oui, voici les *vraies* images, comme il les a surnommées en silence. Il les sent qui montent en lui. La voix les précède chaque fois. De très peu. Il en a le souffle qui se bloque.

Alors doucement, se retenant de faire le moindre mouvement brusque, le corps du garçon quitte le port. Il se détache de celui de la jeune femme. De peur que le bruit, que ses contractions soudaines, ne la réveillent. Et que, s'éveillant, elle n'aperçoive l'ampleur véritable de son vertige. Ah, s'il fallait qu'elle se rende compte que ce qu'elle perçoit de son désarroi n'en est encore qu'une infime partie. Si elle allait comprendre que ce qu'elle croit être un abandon de la part du garçon qu'elle aime est encore aussi retenu qu'un bassin derrière un barrage. Ces pleurs, qui la troublent tellement? Ils ne sont qu'un faible aperçu du vertige qui le tenaille.

Il se détache d'elle, s'assied au bord du lit, jambes pendantes et là, les mains serrées sur son ventre, il s'efforce de se calmer, de calmer l'appel qui monte en lui, de calmer le déchirement, le vertige.

Lentement, il y parvient.

Le murmure régresse. Finit par s'éteindre, par se taire.

La décision du garçon est prise. Il ne sait pas comment. Mais il va le dire.

Il respire mieux. Les larmes coulent toujours, mais les soubresauts ont cessé. Il les laisse couler. Il sait qu'il ne pourra plus les arrêter. Jamais. Il devra apprendre à vivre avec elles, avec eux.

Après un long moment à guetter le moindre signe d'un retour des murmures, des images, le garçon reprend sa place, tout du long de la fille qu'il aime. Il sourit en pleurant. Puis, il pose la tête sur l'oreiller, continue de la boire des yeux.

Et, doucement, sombre dans le sommeil chaud et enveloppant, infiniment profond, auquel ne mènent que l'amour ou les larmes.

Il rouvre les yeux sur deux fois le soleil.

Celui, lumineux, qui baigne la chambre. Le store a été relevé et il fait grand jour.

Celui, bouillant et tendre, d'un sourire adoré, penché sur son visage. Oh. Tout de suite, il tombe dans ce sourire. Est aspiré par lui. Il se relève pour rouler sur elle, mille bras, mille jambes à la fois. Mais lui, croit tomber, tomber en elle. Et ce gouffre, ce grand tunnel dans lequel il glisse en planant, est un hurlement de joie et de reconnaissance de chacune des cellules de son corps, de son être.

Il rouvre les yeux. Voit l'or qui court sur les murs. Reconnaît le sourire. Aussitôt, il tombe. Et sa chute est un hurlement de joie. Je t'aime! Ça y est! Je sais tout! J'ai tout compris. Je sais quoi. Je sais où. Je sais comment. Je t'aime. Il y a le monde, il y a la lumière, il y a la chaleur. Et je t'aime. Il n'y a rien à connaître. Il n'y a qu'à savoir. Je t'aime. Tout est là. Et traverser les continents ne serait jamais que parcourir pas à pas ce que signifient ces mots-là. Je t'aime.

En moins de temps qu'il n'en faut pour éclater de rire, ses mains à elle sont devenues son ventre à lui, et ils dévalent, tous les deux. Il ne sait plus où finit sa bouche à lui, où commence la peau de sa gorge à elle. Elle ne sait plus ce que ses mains à elle ont jamais pu connaître d'autre que ses fesses à lui. Le monde renaît.

Ils passent, tous les deux, un instant ou deux heures à n'être qu'un, avant qu'elle ne sente les larmes chaudes qui coulent sur son ventre. Aussitôt, elle ressent une très légère crispation parcourir le corps du garçon. Elle veut immédiatement lui relever la tête, pour pouvoir l'embrasser à pleine bouche. Elle aussi, éveillée avant lui, le regardant dormir, divin, a pris sa décision. Aux prochaines larmes, elle sautera à pleine bouche sur sa bouche à lui, et boira, boira, boira jusqu'à la source la source de ses larmes. Elle le peut! Elle le sait!

Aussi, dès qu'elle reconnaît les larmes brûlantes, elle saisit à deux mains la tête du garçon, dans l'intention de l'attirer à elle. Mais lui aussi, il sait. Sa tête se défile. Il remonte à toute vitesse vers son visage à elle, tant et si bien qu'apparaît soudain devant elle un arc-en-ciel. Lui, tout sourire et toutes larmes à la fois. Qui rit. Fort.

De bon cœur. De pur bonheur. Il s'essuie le visage, lui, avec ses cheveux à elle. Puis replonge dans ses yeux en faisant, tout bas, tout bas Chuuut. Regarde ! Je souris ! Et il égrène mille baisers, partout sur le beau visage.

Il dit, tout bas.

— Je suis désolé, pour les larmes. Ne crois pas, surtout. Que c'est à cause de toi. Ou plutôt, non. Attends.

Il réfléchit.

— Elles ne sont pas à cause de toi. Elles sont grâce à toi. Tu. Tu me prouves qu'il avait raison.

Elle dit. Il ? Qui, il ? Quoi ?

Lui. Chuuut.

Elle. Explique-toi !

Lui. J'essaie. Attends.

Et il l'embrasse. Partout. Vraiment, partout. Puis il revient à ses yeux.

Il dit. Je suis tellement malhabile, avec les mots. Si je te le dis, tu vas croire que...

Elle l'interrompt.

— Tais-toi ! Et parle ! Arrête de dire que tu vas dire, et dis !

Il réfléchit. Longuement. En se baignant dans ses yeux à elle. Puis, lentement.

— Au tout début de l'été. Quelques semaines à peine avant de te rencontrer. Il n'y a même pas trois mois. Et pourtant, c'était il y a des siècles. Je pense bien que c'est la première fois de ma vie que je comprends ce que *apprendre* veut dire.

Elle. Qu'est-ce que c'est ?

Lui. Attends ! Quelque chose. À propos du monde. Et à propos de moi, dans le monde ! Non ! Je ne sais pas comment !

Elle. Attends. Prends bien le temps de réfléchir. Je viens de me rappeler que de toute manière, j'ai quelque chose de très urgent à faire. Alors, prends tout ton temps.

Et cette fois, c'est elle qui se remet à l'embrasser. Absolument partout.

Quand ils finissent, tous les deux, par se déprendre l'un de l'autre, à bout de souffle, lui il pleure et il rit, et elle, elle rit et elle pleure. Ça y est. Ils sont un nœud, tous les deux. Ils ont plané, vogué, surfé l'un sur l'autre, et puis, juste avant la grande glissade, ils se sont arrêtés, tous les deux, d'un commun accord silencieux.

Déjà? Le soleil se couche déjà? Ils éclatent tous les deux de rire, tout bas, en regardant le plafond baigné d'orangé et de roses et en s'étreignant la main. Il y a vingt-quatre heures qu'ils s'aiment sans discontinuer. Même dans leur sommeil.

Elle se jette, face contre son ventre à lui, en grognant, croyant faire une bonne blague. Je meurs de faim, je vais te dévorer! En le mordillant. Et lui éclate de rire. Un long moment. Mais soudain. Avec une force fracassante, il les voit apparaître sous ses yeux, à portée de main. Deux garçons qui se déchirent à coups de dents. Il s'assied, carré, dans le lit. Et écarte de son ventre le visage aimé.

Elle a aussitôt senti sa respiration, à lui, qui changeait. Les larmes, les larmes qui revenaient! Avec quelle force!

Elle éclate d'un grand rire sonore, fait celle qui n'a rien vu, rien entendu, et saute au bas du lit.

— Manger!

Ils ont dévoré la pizza froide, tout nus, installés au beau milieu de leur royaume. Un grand lit en désordre. En se racontant des pique-niques d'enfance, des excursions, en évoquant tous les repas hors de l'ordinaire qu'ils ont pris dans leur vie. Leur amour est tout neuf, alors ils font ce que font tous les amoureux du monde. Ils récapitulent chaque petit coin de leur vie. Chaque petit bout de *avant*. Ils rient.

Et puis tout à coup, la bouche pleine, il lui lance.

— À quoi tu rêves?

Elle est tout étonnée.

— Comment? Tu veux dire la nuit?

— Non, je veux dire dans la vie. Comment tu rêves ta vie? Si. Si tu étais un personnage de roman, lequel ce serait? Tu t'es déjà demandé ça?

— Euh. Attends. Je pense que mon personnage préféré, c'est…

— Non, non. Pas ton personnage préféré. Celui qui est toi. Ou toi, tu es elle. Ou lui.

— Ce sont les anchois, qui te font cet effet-là?

— Non, non.

Il la regarde.

— C'est toi.

Elle lance dans la boîte la croûte qu'elle était occupée à gruger.

— Quoi?! Tu fais un empoisonnement alimentaire à. À moi?!

Il rit avec elle. Puis.

Lui. Je suis très sérieux.

Elle. Et moi, je ne sais pas quoi te répondre.

Ils se regardent longuement, sans bouger. Elle sait qu'il la scrute. Elle ne sait pas pourquoi il le fait, mais elle sait qu'il le fait. Lui, hésite. Il y a un instant à peine, en mangeant, il était certain de sa décision de l'aurore. Il était convaincu que dès qu'il déciderait que le moment était arrivé, les mots lui viendraient tout seuls. Mais à présent. Il ne sait plus. Tout ce qu'il sait, c'est que s'il y a un moment pour parler, c'est là, immédiatement.

Seulement. Ce qu'il a à lui dire est tellement insensé. Il serait tellement plus simple de se remettre à la caresser, sans un mot, sans un son. Mais il sait bien, aussi, que les larmes reviendraient. Et puis. La nuit dernière, a aussi commencé à prendre forme en lui une vision de ce qui les attend, tous les deux, s'il ne lui parle pas. Bientôt, les caresses aussi leur seraient interdites, autant que la jouissance l'est déjà. Il faut parler. Maintenant.

Il soupire. Elle lui sourit. Elle ne demande rien. Sans mots, elle lui dit simplement Je suis prête quand tu le seras.

La nuit est calme. Silencieuse. Ils n'ont rien allumé, dans la chambre. Ils sont étendus, dans les bras l'un de l'autre, immobiles dans la seule lumière que lancent les chiffres du radioréveil.

Il la sent qui est en train de s'assoupir. Et lui, se sent soulagé. Il va la laisser dormir. À son réveil, il lui dira.

Elle a très peu dormi. Juste un somme. Quand elle rouvre les yeux, encore tout empêtrée de lambeaux d'abandon, elle sent son bras à lui, posé en travers de sa poitrine à elle, et une bouche, tout contre son oreille, qui parle aussitôt, dans un souffle chaud et doux.

— J'aurais envie. De. De te faire mille mises en garde. De te dire que j'ai peur de ce que je vais te raconter. Peur de. Peur, c'est tout. Mais. Non.

La bouche n'a qu'à peine à se déplacer pour effleurer la joue de la fille. Elle sent le tout léger baiser qui s'y dépose.

— Je veux te dire pourquoi je pleure. Pourquoi tes mains sur moi, les miennes sur toi, ta beauté, la lumière qui est en toi, la lumière qui est toi, la grâce de tes traits, la volupté du moindre de tes mouvements, pourquoi ton désir pour moi, ma faim. Ma faim de toi. Me bouleversent tellement.

Elle l'entend qui respire fort, quelques instants, juste là, tout contre son oreille. Elle attend.

Juste avant qu'elle ne rouvre les yeux, quand il a senti le rythme de la respiration de celle qu'il aime, qui changeait, il a à peine relevé la tête pour regarder les chiffres lumineux, sur le réveil. Et il s'est demandé. Est-ce que c'est ça qui va arriver aussi, si c'est moi qui raconte? Est-ce que le temps va s'arrêter?

Il était 2h17.

Au printemps, quand j'ai commencé à aller me faire bronzer au parc La Fontaine, dès le tout premier jour, je crois, je l'ai vu. Il était assis au pied d'un arbre, de l'autre côté de l'étang. Il avait l'air immense, et maigre. Un vieil homme. Tout en angles. Les bras noués autour de ses jambes repliées, les genoux relevés, le front posé sur eux. Je voyais seulement ses longs longs cheveux, ses longs longs membres, et tous ces angles. Tout habillé de noir. Le dessus de sa tête. Grise. Je me suis juste dit que c'était bizarre de se mettre à l'ombre, et complètement habillé de noir, pour venir profiter de la première vraie belle journée de belle lumière, de belle chaleur. C'est tout. Et puis, je ne sais pas, deux heures plus tard, peut-être, quand je me suis relevé et que j'ai remis mes choses dans mon sac, que je suis remonté sur ma bicyclette, j'ai remarqué qu'il n'avait pas bougé. Pas d'un poil.

Quand j'y suis retourné, la fois suivante, il y était encore. Et puis encore la fois d'après. J'ai fini par me dire, en riant, que ce devait être une statue? Une nouvelle mode chez les nains de jardins? À chaque fois, il était là, dans la même position, sous le même arbre. Pendant. Un mois? Cinq semaines? Six?

Et puis, un bon après-midi, j'étais étendu sur le dos, les yeux qui venaient à peine de se fermer, et je jouissais de l'odeur de ma peau au soleil, je pense que je devais me préparer à un petit somme. Tout à coup.

Une ombre est passée entre le soleil et moi. J'ai ouvert les yeux. Un nuage? Ou un bonhomme qui veut me draguer? Mais non. C'était lui. Il était penché sur moi et il me regardait. Je voyais mal ses traits, à cause des restants d'éblouissement. Je voyais seulement deux grands yeux dans un visage d'oiseau, tout là-bas, tout en haut d'un long long corps noir. Deux grands yeux d'aigle. Qui me dévisageaient.

Et il a dit.

Il a un accent invraisemblable. Et une voix douce mais terrible à la fois. *Comme un tigre qui se retient de rugir.* Comme son neveu, tu vas voir.

Il a dit.

— Allez-vous-en!

Et. Immédiatement, en un éclair, je me suis retrouvé en furie. Je me suis redressé d'un seul coup, je me suis assis, pour mieux le voir, pour lui répondre. Il est vraiment très grand. Et infiniment maigre. Sec. J'ai ouvert la bouche, mais il ne m'a pas laissé parler. Il a répété.

— Allez-vous-en!

Très fort. Il me lançait un ordre. Comme un général. J'ai détourné les yeux, juste une fraction de seconde, et quand j'ai voulu le regarder à nouveau. Il n'y était pas. J'ai immédiatement regardé de l'autre côté de l'étang. Il était là-bas, assis, immobile, le front sur les genoux!

Je sais bien, tu te dis Tu t'es réellement assoupi. Et tu as rêvé, c'est tout. Mais. Tu vas voir.

J'ai regardé partout autour de moi. Il y avait plein de monde. Mais personne ne semblait avoir remarqué ou entendu quoi que ce soit. Et j'étais encore en furie. J'étais même dans une telle colère que j'ai laissé là toutes mes affaires et que, sans réfléchir, je me suis élancé vers lui. Je ne sais pas ce que je voulais. Lui répondre ? Ou lui demander en quoi je le gênais ? Ou lui dire de se mêler de ses affaires ? Tu comprends, j'étais tellement furieux que sa disparition d'à côté de moi, son déplacement instantané, ne m'ont pas surpris plus longtemps qu'un éclair. Comme s'il avait touché un nerf, en moi. Un nerf que je n'avais jamais su exister.

J'ai foncé vers lui. Comme un taureau. Je pense que j'étais tout à fait prêt à me battre avec lui, s'il l'avait fallu. Et puis. À une vingtaine de pas de lui, peut-être, je l'ai vu relever la tête. Et il a parlé. Dans ma tête. La même voix. Le même ton.

— Stop !

Et j'ai figé. Net. Alors. Alors il m'a dit que. Que nous, les jeunes gens de cette époque, nous ne savons rien. Le néant. Que nous avons tout à apprendre. Et il m'a expliqué. En très peu de mots. Qu'il fallait absolument que je m'éloigne de lui. Pour nous deux. Pour moi, pour ma paix. Et pour lui. Qu'il fallait que je cesse de tourner autour de lui. Et j'ai réalisé immédiatement, dès qu'il l'a eu. Dit. Qu'il avait raison. Que je n'avais pas, non, tourné autour de lui, pas vraiment, mais. Mais que, chaque jour, j'avais attendu le moment de notre rencontre. Tu comprends ? J'ai réalisé que j'avais toujours su que nous allions finir par nous rencontrer. Que j'avais attendu le moment. Il a dû voir, ou entendre, ce que moi je venais de comprendre, parce qu'il a continué. Il a dit.

— Vous voyez ! Vous ne savez même pas ce que vous faites, tant qu'on ne vous l'explique pas ! Vous ne voulez pas savoir. Alors allez-vous-en !

Et j'ai. Une épouvantable tristesse a surgi en moi. D'un coup sec. L'impression immédiate, fulgurante, que j'allais, là, immédiatement, dans une fraction de seconde, perdre une chose plus précieuse que tout, si je ne réagissais pas.

J'ai réussi à faire encore un autre pas vers lui. Et lui, sous l'arbre, a immédiatement redressé la tête encore davantage, il s'est immédiatement levé, aussi vif que. Qu'un tigre. Tout à coup, il était debout, et il me dévisageait, et ses yeux me brûlaient les yeux. J'étais tellement bouleversé que ce n'est que bien plus tard que j'ai été étonné de. De ne pas avoir été étonné. La vigueur! La rapidité à laquelle il s'était levé! Je ne l'avais même pas vu bouger. Un instant il était assis, et l'autre il était debout.

— Allez-vous-en!

Et puis, autre chose, qu'il a aussi hurlé, mais dans une autre langue que je n'ai pas comprise. Et dans tout notre coin du parc, les gens se sont arrêtés de parler, de jouer, de lire. J'ai réalisé que cette fois, il venait vraiment de parler. Je veux dire. Je ne rêvais pas. Ce n'était pas seulement dans ma tête à moi. J'ai fait un autre pas. Vers lui. Doucement. Il avait le dos appuyé contre l'arbre. Et je voyais que ses lèvres remuaient. J'ai avancé, tout lentement, jusqu'à lui. Un pas à la fois. Et je ressentais. Mille émotions. Tellement fortes. Et de plus en plus fortes, à chacun de mes pas. Une urgence, épouvantable. Un danger qui me guettait. Le danger de perdre le bien le plus précieux qui se puisse. Et puis, la colère. Et puis. La curiosité. Quelque chose, que je voulais savoir. Que j'allais enfin connaître.

J'étais tout près de lui, debout juste devant lui. Et nos yeux étaient vissés les uns dans les autres. Et je pensais Je vais exploser. Il y a eu un long temps. Et puis il a dit, tout bas.

— Dites un mot. Un seul.

J'ai dit. Le mot est sorti de lui-même, a passé mes lèvres tout seul, j'ai dit.

— Aimer.

Et je. J'ai bien cru qu'il allait pousser un effroyable hurlement. Mais il s'est contenu. Il tremblait. Juste un peu. Et il était pâle, pâle comme la mort. Pourtant, dans ses yeux, une telle vie, une telle vitalité. Et puis. Je ne sais pas quoi d'autre. Mais en quantités.

Il a simplement fait.

— Jeune fou !

Puis.

— Allez.

Il ne me disait plus de le laisser, non, il me disait. Que nous allions nous revoir.

Je suis allé ramasser mes affaires. Et puis j'ai marché, le vélo à la main. J'avais peur. Mais je ne savais pas de quoi. J'avais une boule dans le ventre. Comme quand on vient d'entendre un bruit soudain dans une ruelle, en pleine nuit. Mais au grand soleil. Je ne me suis pas retourné une seule fois dans sa direction. J'ai marché. Je suis sorti du parc. Suis arrivé devant chez moi. À mesure que je m'éloignais de lui, je comprenais de plus en plus clairement de quoi, j'avais peur. D'être fou, tu comprends ? D'avoir eu à l'instant la première crise d'une effroyable maladie. Ce qui était le plus paniquant, en y repensant, c'était de prendre conscience que pas un seul instant, durant ce moment-là entre son apparition et l'instant où j'avais accepté de m'éloigner de lui, je n'avais trouvé étrange ce qui m'arrivait là. Il apparaît, disparaît, me parle dans ma tête. Et rien de tout cela ne me trouble. Je ne pense qu'à une chose. Une perte, qui me menace. La perte. De mon âme ? Quand j'arrive devant chez moi, je ne sais pas quoi faire. Appeler ? Qui ? Un ami ? Mon père ? Aller à l'hôpital, consulter ? Je suis au bord de la panique. Si je suis fou à ce point-là, qui sait ce que je peux encore faire, sans me rendre compte des implications ? Devant chez moi. J'attache le vélo à son piquet. Je monte l'escalier en colimaçon. Je déverrouille. J'ouvre. Et ce n'est plus chez moi. Je suis sur le seuil de. D'un autre lieu. D'une

238

autre maison. Sombre. Humide. Et le grand homme est debout au milieu de la pièce. Une pièce immense. Haute. Sombre. L'humidité et la fraîcheur de l'air me frappent au visage, comme un vent, comme un courant d'air à l'entrée d'une vaste cave. Mais je sais parfaitement que c'est un deuxième étage, je viens à peine d'en grimper l'escalier. Je suis debout dans la lumière de l'après-midi. Et là-bas, tout au fond de la pièce, de l'autre côté, dans les grandes fenêtres. C'est la nuit.

Après, je ne sais pas, trois secondes ou dix minutes, il dit.

— Ne m'approchez pas.

Je reste figé là.

— Entrez, et refermez. Restez près de la porte.

Ce que je fais.

Dans la faible lumière verte du réveil, elle respire doucement. Profondément. Et lui, couché sur le côté, le bras en travers de sa poitrine à elle, la bouche tout contre son oreille, sait qu'elle va parler. Il l'entend qui cherche ses mots. Il attend.

Elle dit. C'est une histoire. Que tu inventes. Juste pour moi?

Il prend bien son temps, avant de répondre.

Il murmure.

— Je n'invente pas. Les choses se sont passées. Précisément comme ça. Je te les raconte du mieux que je peux.

Le temps passe.

Il demande.

— Si tu veux, j'arrête?

Elle dit. Ce n'est pas ça. Mais. J'ai un peu peur. Je veux dire. Je suis troublée.

Il dit. Par moi.

Dans le noir, elle opine. Tout doucement.

Il dit. Je comprends.

Et il s'écoule un long moment de silence.

Qui sait combien de temps passe avant qu'elle ne reparle. Lui, il n'est pas inquiet. Pour l'inquiétude, il est déjà trop tard. Ou encore beaucoup trop tôt. Il attend. Paisible. Confiant.

Lorsqu'elle reparle, elle dit. Elle murmure, elle aussi, à présent.

Elle dit. Tu sais quoi?

— Quoi?

— Je suis troublée. Je ne sais pas où tu veux m'amener, avec cette histoire. Mais. J'écoute, en moi. Et je n'arrive pas à ne pas avoir confiance en toi. Infiniment. Entièrement. Embrasse-moi.

Il l'embrasse. Elle l'embrasse. Ils s'embrassent.

Puis le visage du garçon reste suspendu dans le vide, dans l'air de la nuit faiblement verdâtre, juste au-dessus de son visage à elle. Elle sourit. Lui aussi.

Elle dit. Tu ne pleures pas?

Il lui fait signe que non. Tout sourire.

Elle rit.

Ils restent comme ça. Lui qui lui sourit à elle. Elle qui rit, par petites vagues douces qui leur animent le ventre, à tous les deux.

Sans cesser de rire, elle lui demande.

— C'est parce que tu racontes, que tu ne pleures pas?

Et c'est à son tour, à lui, de lui faire signe que oui. Un tout petit signe.

Il ajoute.

— Je crois.

Ils se regardent.

Dieu, comme ces deux enfants s'aiment.

Elle lui demande.

— Je vais avoir mal?

Et ses yeux à lui s'emplissent immédiatement de larmes. Qui dégouttent paresseusement sur son visage à elle. Ses mains à elle serrent ses hanches, à lui, jouent au bas de son dos, tout doucement. Elle rit, en se mordillant un peu la lèvre.

Il dit. Ton intelligence, ta lumière, ta douceur, sont d'une telle beauté. D'une telle beauté.

Elle demande.

— Dis-moi que j'ai raison d'avoir confiance.

Mais aussitôt, elle se reprend.

— Mais non, non, tais-toi. Ne réponds pas. Surtout, ne réponds pas à ça. Quelle demande absurde.

Elle cherche.

— Raconte-moi un petit quelque chose? Un petit quelque chose d'autre? Sur toi? Qui ne fasse pas partie de cette histoire-là? Tu veux bien?

Dans la nuit, il acquiesce. Il réfléchit un long moment. Il en profite, le chenapan, pour s'égarer dans ses yeux, à elle. Puis il parle sans que ses yeux ne quittent les siens.

— J'ai fait une chose particulièrement idiote, ce mat. Hier matin.

Ils se regardent.

Lui. Tu es censée dire Ah bon? Et quoi donc?

Elle. Ça m'étonnerait.

Lui. Comment?

Elle. Que tu aies fait quelque chose d'idiot. Je ne t'imagine pas du tout, en train de faire quelque chose d'idiot. Depuis que je te connais, chaque fois que tu prends ton air de petit garçon gêné, c'est que tu viens de faire quelque chose de particulièrement charmant. Ou touchant.

Le temps attend.

Elle. Qu'est-ce que c'était?

Lui. Tu me gênes. Je t'assure que c'est complètement tarte.

Elle. Laisse-moi en juger. Et non. Non, non, je vois dans tes yeux que tu cherches autre chose à. À m'avouer. Non, ne change pas de sujet. Dis-moi quelle était cette chose-là, celle à laquelle tu pensais ?

Ses yeux, à lui, se remplissent à nouveau de larmes. Qui brillent un peu dans la nuit.

Elle. Oui. Précisément. Celle-là.

Il ravale ses larmes.

Lui. Il y avait. J'avais tout un tas de films, de photos. Porno. Sur mon ordinateur. Et ce mat. Hier matin, je les ai regardés. Je veux dire. Il y a tellement de choses de moi que j'ai dites, confiées à ces filles-là, au fil des ans, des nuits, des moments d'espoir, de douleur, de vertige. Je. Je leur ai dit adieu. Et puis j'ai tout effacé. Toutes les choses que je leur confiais, avant. Si c'est possible. Désormais, c'est à toi, que je voudrais les dire.

Ils se regardent.

Il poursuit.

— Ce n'est pas par dérision que j'ai dit quelque chose d'idiot. Tu comprends ? Ce que je voulais dire, c'est. Tu ne m'as rien demandé. La décision a été la mienne. Je ne veux pas te rendre responsable de ma décision à moi. Je ne voulais pas dire Sois la preuve que c'est possible. Surtout pas. Ce que je voulais dire, c'est. Tu me donnes envie de. D'être entre tes bras, dans tes yeux. Comme je suis quand je suis tout seul au cœur de ma propre vie.

Il y a des caresses. Des mains. Des jambes. Des pieds.

Puis c'est elle qui finit par reparler la première.

— Et. Tu as refermé la porte ?

— Oui.

Il faisait vraiment frais. Une fraîcheur pénétrante, jusqu'aux os. Une fraîcheur. Humide. Et il faisait très sombre. Lui, il se tenait droit. Comme une barre de fer. Et une lumière chaude dansait sur tout un côté de son visage. C'est alors que je me suis rendu compte. Il y avait un foyer, dans la pièce, au loin. Un grand foyer. Immense. J'aurais pu me tenir debout dans l'âtre. Tu te rends compte? Et il y avait un tronc, presque un arbre complet moins les branches, de cinq ou six mètres de long, qui y brûlait. J'ai pris conscience de l'odeur. Du sapin, ou du pin. Ou bien du cèdre, peut-être. Et puis je l'ai regardé à nouveau, lui. Il m'a indiqué une fenêtre. La silhouette d'une très haute fenêtre en ogive, sombre, très loin derrière lui. Une de celles à travers lesquelles c'était la nuit. Je suis allé vers elle. Très lentement. Et en m'approchant d'elle, j'ai réalisé. Le sol était de pierre nue. De grandes dalles. Et il y avait un autre son que le pétillement et le ronflement du feu. Et une autre odeur, aussi. Le sel. L'iode. La mer. Je suis arrivé à la fenêtre. Et à travers elle, j'ai vu que tout cela était vrai. C'était la nuit. Et je me trouvais dans une maison qui dominait la mer. En contrebas, à quelques mètres à peine, des rochers noirs, de l'écume, des vagues. Et il pleuvait, un tout petit peu. Des larmes coulaient lentement sur la fenêtre. Je me suis retourné vers lui pour lui demander où nous nous trouvions, mais je n'en ai pas eu le temps. C'est lui, qui s'est mis à me questionner.

— Que me voulez-vous?

— Moi? Mais. Je ne sais même pas qui vous êtes.

— Pourquoi tournicotiez-vous autour de moi?

— Je ne tournicotais pas. Je vous avais remarqué, c'est tout.

— Remarqué quoi?

— Votre présence.

— Qu'est-ce qu'elle a?

— Une tristesse.

— C'est tout?

243

— Non. Un abandon. Comme dans *Maison à l'abandon*. Vous avez l'air. Échoué.

— Et alors?

— J'ai eu envie de savoir pourquoi.

— Pourquoi, le savoir?

— Pour aider?

— Qu'est-ce que ça peut vous foutre?

— Je me posais une question, je crois.

— Laquelle?

— Comment peut-on être assez triste pour ne plus voir le soleil?

Il m'a regardé, encore plus fixement.

— Redites ça.

Je l'ai redit, surpris par mes propres paroles.

— Comment peut-on être tellement triste qu'on ne voit plus le soleil?

Il s'est déplacé dans la pièce, il s'est éloigné de moi mais sans se rapprocher du feu.

— C'est tout?

— Au meilleur de ma connaissance, oui.

Il a hoché la tête. Et puis il a eu l'air de réfléchir. Un long moment.

— Avez-vous fait une rencontre, récemment? Une rencontre… surprenante?

— Non.

— Un rêve, étrange?

— Non.

— Quoi que ce soit d'inusité, qui ait retenu votre attention?

— Non.

— Tous vos amis vont bien?

— Oui.

— Une ampoule électrique, qui éclate inopinément?

— Non.

— Le téléphone qui sonne, et vous savez qui appelle avant même d'avoir décroché ou d'avoir consulté l'afficheur ?

— Non !

— Rien du tout ?

— Rien !

— Rien d'autre, en somme, qu'apercevoir un vieillard, à quarante mètres de vous, sous un arbre, et de le reluquer, jour après jour, des semaines durant ?!

— Mais je n'ai p.

Et c'est alors que j'ai réalisé, encore une fois, que oui, il disait vrai. C'était précisément ce que j'avais fait. Je l'avais *reluqué*.

— Rien d'autre. Non.

Alors, il a recommencé. Mais à toute allure, cette fois-ci. Il a tenté d'attaquer sept ou huit phrases, mais dont aucune ne parvenait à dépasser trois mots. C'est un. Il y a. Juste avant. Je ne sais pas. Un homme. Il a dit. Pas un. À propos de. C'était tellement drôle que j'ai bien failli éclater de rire. Comme un moteur qui ne parvient pas à démarrer. Mais ça n'a duré que quelques secondes. Et puis tout à coup, ça a été comme s'il venait de trouver son sillon. Il s'est mis à me poser cinq cents questions à la file. À toute vapeur. Prenez-vous de la drogue ? Vous n'avez vraiment pas fait de cauchemar, récemment ? Failli avoir un accident ? Une rencontre étrange ? Une grande peur ? Lisez-vous ? Quoi ? Qui vous l'a suggéré ? Que pensez-vous de l'Église ? De Dieu ? Des anges ? À quels jeux jouez-vous ? Que se passe-t-il dans votre esprit quand vous marchez, seul, dans la rue ? Quand vous êtes seul chez vous ? Vous ne possédez pas d'animal domestique, pourquoi ? Votre couleur favorite ? Vos parents sont vivants ? Quel effet vous font mes questions ?

— Elles me font me dire que vous vous foutez de ma gueule.

— Pourquoi?

— Parce que vous n'avez pas du tout le genre animateur de garderie, ni recruteur de choc.

— Non?

— Non. De plus. Non, surtout! Vos questions, elles ne. Elles ne goûtent rien. Elles n'éveillent rien, en moi. Rien qui ressemblerait à ce que me fait votre présence, en tout cas.

— Parlez.

— Quand je vous voyais, au parc, et quand vous m'avez *parlé*, là-bas, c'était. Au fond de moi. Plus profond qu'aucun plancher, à l'intérieur de moi, dont j'aurais jamais ressenti l'existence. Alors que vos questions.

— J'attends.

— Elles sont à la hauteur des épaules. Vous faites semblant. Très maladroitement, d'ailleurs.

J'ai eu l'impression qu'il allait sourire. Mais rien n'a bronché. Et nous sommes restés là, face à face. Longtemps. Il a fini par me lancer encore une autre question.

— Aimez-vous la musique?

Il l'a posée tout bas, presqu'un murmure, mais j'ai été parcouru par un long frisson. Cette question-là, elle, était pour de vrai. Mais. Je ne savais pas comment y répondre.

— Répondez!

Sa voix a explosé comme un coup de tonnerre. Une colère aussi soudaine qu'une voiture qui explose en pleine rue. Et, tout de suite, encore une fois.

— Répondez!

Encore plus fort! Presque. Méchant? Non. Enragé. Furieux. Et, encore une fois, le frisson. Encore plus fort.

— Allez!

J'ai cru que j'allais me mettre à pleurer comme un enfant.

— Ne réfléchissez pas! Parlez!

Si fort que, d'instinct, j'ai voulu reculer, mais mes pieds étaient collés au sol. Alors. J'ai vu rouge. Littéralement. Ma vision est devenue une masse bourgogne, lumineuse, opaque. Puis, il y a eu un grand temps. Et, tout doucement, ma vision s'est rétablie. Peu à peu. La silhouette tremblotante de l'homme, dans la lumière venant du foyer. Les murs de pierre. Le mobilier, rare, éparpillé dans la grande salle, lourd, sombre, massif. Et puis, quand ma vision a été totalement revenue, et ma peur presque entièrement dissoute, il a demandé, tout bas.

— Et ça? C'était mieux?

Il y a eu un grand temps. Et puis.

Il a éclaté de rire.

J'étais abasourdi. Mais du même coup, son rire m'a. M'a réveillé. Et je me suis rendu compte de ce qui se passait. J'ai tout revu, en une seule image. Lui debout au-dessus de moi, dans le parc et la lumière du soleil. Sa voix dans ma tête. Ce lieu étrange qui n'était plus chez moi. Ce pouvoir qu'il avait de contrôler mes émotions et le flot de ma pensée. Je me suis rendu compte. De l'invraisemblance de. De tout ça. J'ai dit.

— Qui êtes-vous?

Il a cessé de rire. Mais il a gardé son sourire. Il a dit, tout doucement.

— Bon, voilà que vous recommencez.

— Quoi?

— À. Parler à côté.

— Je ne comprends pas.

— Que venez-vous de me demander?

— Je vous ai demandé qui vous êtes.

— Et c'était vraiment la question que vous vouliez me poser?

J'ai compris que non. Il avait encore une fois raison.
Je n'avais pas posé la. La vraie question qui m'était
venue. Il a dit.

— Alors?

— Non. Non, ce n'était pas la bonne question.

— Quelle aurait été la bonne?

— Qu'est-ce que vous êtes?

Il a ri à nouveau. Mais beaucoup moins fort qu'auparavant. Il n'y avait plus trace de raideur chez lui.
Il était toujours aussi long, aussi anguleux, mais tout
chez lui semblait s'être adouci. Il est allé s'asseoir,
lentement, dans un gros fauteuil de bois noir. Et il
a fini par demander, sur un ton tout simple, comme
on demande Comment vas-tu? à un ami que l'on voit
tous les jours.

— Pourquoi ne l'avez-vous pas demandé?

— Je ne sais pas.

— Êtes-vous en train de me dire que vous ne savez
pas ce que vous dites?

— Non.

— Alors, qu'est-ce que vous êtes en train de me
dire?

— Que. Qu'il y a. Des couches. Que, quand nous
parlons, il y a des couches de sens. Et que. Qu'en vous
demandant Qui êtes-vous, ce que je voulais demander
c'était, en réalité, Qu'êtes-vous? Mais que le demander
aussi brutalement aurait. Je ne sais pas. Je ne pouvais
pas.

— Corrigez-moi si je me trompe. Si vous aviez
accepté de prononcer à haute voix la véritable question
qui habitait votre esprit, vous vous seriez senti lié par
elle? C'est cela?

— Peut-être.

— C'est cela?!

— Oui.

— Et vous ne vouliez pas, être lié par elle?

— Non.

— Pourquoi?

— Parce que c'est invraisemblable. On ne demande pas à quelqu'un Qu'est-ce que vous êtes? C'est un non-sens.

— Ah bon?

Je ne savais plus quoi dire. C'est lui qui a repris, un moment plus tard.

— Dites-moi. Est-ce que c'est une occurrence courante, chez vous, de poser des questions à côté? Je veux dire. De savoir laquelle vous voulez poser, mais d'en poser une autre à la place? Est-ce que c'est ce que vous faites habituellement, de poser une question, n'importe laquelle, juste pour pouvoir vous dire C'est très bien, j'ai demandé ce que j'avais à demander, alors que vous savez pertinemment que vous n'avez pas posé la bonne? Est-ce à cela que vous passez votre vie? À sciemment poser les mauvaises questions?

J'ai voulu répondre que je ne savais pas, mais je n'ai pas eu le temps de produire le moindre son, il a crié.

— Ne recommencez pas!

Et j'ai vu, si clairement, ce qu'il venait de me dire. C'était encore ce que je venais de me préparer à faire. Dire Je ne sais pas, alors qu'en réalité je le savais parfaitement. J'ai respiré. Et puis je lui ai répondu, aussi calmement que j'ai pu.

— Oui. Oui, cela m'arrive souvent. Très, souvent.

— Merci.

Je ne sais pas combien de temps nous sommes restés comme ça. Moi, debout près de la fenêtre. Lui, assis au loin, dans son gros fauteuil de bois. Quand il a reparlé, il avait retrouvé sa douceur.

— Comprenez-moi bien. Je ne vous blâme pas, de passer votre vie à vous mentir à vous-même. Et de passer votre vie à mentir à tous ceux que vous rencontrez. Non, je ne vous blâme pas. Je sais très bien que vous êtes le fils de votre époque. Et qu'à l'instar d'un effroyable nombre de vos congénères, vous vivez dans la peur. Une peur abjecte, une terreur omniprésente. C'est elle qui vous fait détourner sans cesse le sens des paroles que vous prononcez. Et celui de celles que l'on vous adresse ou que vous entendez. Vous avez tellement peur du monde où vous vivez que le langage est devenu pour vous une armure. Vous croyez qu'en rebaptisant chaque objet du monde, en refusant de lui donner son nom véritable, vous écartez le danger. Je comprends. Je pourrais même aller jusqu'à affirmer que je compatis. Que je compatis. Mais pas que j'accepte.

Il a réfléchi un moment. Sans me quitter des yeux.

Je me sentais las. Je me suis appuyé le dos contre le mur, près de la fenêtre. Je suis certain de ne pas l'avoir quitté des yeux. Pourtant. Quand il a reparlé, il était appuyé contre le mur, lui aussi, à un mètre, peut-être, sur ma gauche. Peut-être moins. Il ne me regardait pas. Il regardait dans le vide de la grande pièce. Et sa voix était devenue si douce que j'en ai frissonné à nouveau. Il a dit.

— Je vais répondre à votre question. La vraie. Je vais vous dire ce que je suis. Je suis un magicien. Pas un sorcier, non. Je n'invoque pas les forces noires, ni les rouges. Ni les blanches. Je n'aime pas le pouvoir. Ni la puissance. J'aime la vie. Et la vie m'aime. Mais elle est une maîtresse effroyablement exigeante. Impitoyable. Et parfois, même, cruelle. Je suis un magicien, Éric. C'est-à-dire que la vie m'a choisi pour voir et pour comprendre le cœur des choses. Et pour agir sur lui. Mais. Mais rien que sur lui.

Et il a, très lentement, tourné la tête vers moi. Si tu savais. Ah, si tu savais comme son regard sur moi était triste. Il m'a regardé un temps infiniment long. Et je ne pensais pas. Je ne pensais à rien. Je le regardais. Je contemplais sa tristesse. Et le sentiment est revenu.

Celui que j'allais, là, tout bientôt, apprendre quelque chose d'essentiel. De plus précieux que ma vie.

— Pour agir sur le cœur des choses. Mais rien que sur lui. Ce qui signifie que la vie. Ordinaire. M'est interdite d'accès. Je n'ai pas droit à la simplicité. À la vie quotidienne. Où que j'aille, quoi que je regarde, je vois le cœur. Quoi que j'écoute, j'entends le cœur. Quoi que je touche, je rejoins le cœur. Quoi que je dise, je parle du cœur. Comprenez-vous ce que cela implique ?

Je n'ai même pas cherché à répondre. J'attendais la suite.

— Le commun des mortels, dans sa tremblotante quiétude, s'imagine que la magie est accordée par l'étude. Et qu'elle s'ajoute, en quelque sorte, aux autres capacités de celui qui a accès à elle. Il dit même *de celui qui la possède*. Mais on ne possède pas la magie. C'est elle, qui nous possède. C'est elle qui nous constitue. Qui nous fait ce que nous sommes. Comme on ne possède pas le sens de la vue, ni celui de l'odorat. Nous les sommes. Les objets que nous observons, les parfums que nous humons, deviennent nous. La plupart des humains ne se rendent même pas compte ni du fait qu'ils voient, ni de celui qu'ils hument. Et pourtant, ce sont leurs sens qui les font. Il en va aussi ainsi, mais à une échelle démesurée, pour le mage.

Il a tourné la tête vers le grand foyer. Et aussitôt, le grand tronc qui flambait s'est. S'est brisé en deux. Son centre s'est effondré en lançant une grande gerbe d'étincelles. Et ses deux moitiés ont basculé sur les chenets. Elles faisaient un grand V. Le vieil homme regardait toujours de leur côté quand il s'est remis à parler.

— Il m'est impossible de voir ce que vous, vous voyez en regardant ce feu. Encore plus impossible que si j'étais aveugle. Moi, je vois un mouvement, et je le ressens, je vois à l'intérieur de lui, je vois son cœur même. Je sais que vous appelez cela *feu*, parce que je l'ai déduit à force d'entendre vos semblables le désigner ainsi. Mais je sais aussi qu'en le regardant vous et moi nous ne voyons pas la même chose. Pour le moment.

Il a tourné la tête vers moi.

— Je sais aussi qu'il existe pour vous, entre lui et vous, ce que vous appelez *distance*. Lui, est *là-bas*, et vous *ici*. Mais…

Et à ce moment-là, ce qui s'est produit. Ça n'existe pas. Ç'a été saisissant. De quoi changer la vie à jamais. J'ai. Disparu. Je veux dire, tout a disparu. Tout ce que je connais du monde. Je ne voyais plus rien. Je ne ressentais même plus mon propre corps. Pas de la même manière qu'une fraction de seconde plus tôt, en tout cas. Je n'étais plus *moi*. Je ne peux pas te dire ça avec précision. J'étais. J'étais un pétillement. Tu sais ? Comme se sentirait la mousse d'une bière, si elle avait des sensations. Je n'avais pas de durée, pas d'étendue. Mais ce pétillement-là vibrait, se contractait, sans changer de forme, sans même en avoir, de forme. Il n'y avait pas de couleur mais je. Je voyais quelque chose. Sans le voir. Ce n'était pas voir, c'était à l'intérieur de moi, tu comprends ? Et moi, ce que j'appelle *moi*, était à l'intérieur de. De ça. Et puis, oui. Du mouvement. Et puis, oui. Des odeurs. Mais qui n'en étaient pas vraiment non plus. *Je* était. Quelque chose d'autre. Quelque chose d'autre que moi. Qui était moi. J'ai. J'ai *entendu* ce qui semblait être sa voix, mais elle était à l'intérieur de moi. Et il n'y avait pas de mots. Pas de sons. Comme une idée qui m'aurait soudain traversé l'esprit. C'était lui. Je savais que c'était lui. Il m'a. Il m'a *dit* Faites un tout petit geste. Et je l'ai fait. J'ai. J'ai *bougé*. À peine. Rien de plus qu'un très léger plissement de paupière, si tu veux. Mais sans yeux, sans paupières. Et aussitôt. Aussitôt, je.

Le garçon et la fille sont immobiles sur le lit. Son bras à lui posé sur elle. Lui, respire dans son oreille à elle. Elle, fixe le plafond des yeux.

Aussitôt, je suis. Revenu. Dans la grande salle de pierre. Le dos appuyé au mur. Et il y avait encore dans l'air l'écho d'un grand bruit, qui résonnait. Les deux moitiés du tronc d'arbre qui flambait, elles venaient de changer de position. Elles avaient basculé. Elles n'étaient plus effondrées en V, comme un instant plus tôt. À présent, elles faisaient un grand A. Et je savais que. Que c'était moi qui venais de les déplacer. Que. Que le temps d'un instant, j'avais été elles. Et que j'avais été le feu dans lequel elles baignaient. Et que j'avais bougé.

Le vieil homme me regardait. Immobile. Impassible. Et sa tristesse était encore plus terrible qu'avant. Sa tristesse était sans borne. Après un long moment, il a fait, mais c'était un mouvement à peine perceptible, de tout petits oui, de la tête, comme s'il acquiesçait à une idée, je ne savais pas laquelle, mais une idée terrible en tout cas. Irrémédiable.

Il a fini par un peu baisser les paupières, et a détourné son regard, l'a ramené dans le vide, son visage tourné vers la grande salle. Il a soufflé.

— Plus tard, s'il y a lieu. Je vous dirai aussi qui je suis.

Dans la chambre, dans la pénombre d'un petit vert mou, la fille, couchée sur le dos, fixe le plafond. Le garçon, couché sur le côté, la bouche tout contre son oreille, vient de fermer les yeux.

Après un temps, elle dit.

— Éric. Tu le lui avais dit, ton nom?

Il répond. Non.

Elle demande. Et alors. Tout ça est vraiment advenu? C'était, vraiment, un magicien?

Il répond. Non. Pas *c'était*. C'est.

Il rouvre les yeux, soulève lentement la tête. Regarde les chiffres lumineux, sur le réveil, par-delà son profil à elle.

Il est 2h17.

Le garçon referme les yeux. Repose sa tête sur l'oreiller, près de celle de la femme qu'il aime.

Lui. Je continue?
Elle hésite.
— J'ai peur.
Lui. Oui.
Un long temps.

Le vieil homme est resté sans parler, le visage regardant dans le vide de la grande pièce. Et puis. Et puis j'ai entendu un murmure. Il chantonnait. J'ai tourné mon regard vers lui. C'était bien lui. Il avait les yeux clos, l'arrière de la tête appuyé sur le mur, et il chantonnait.

Il a chantonné longuement. Comme si je n'existais plus. Il m'avait oublié.

Et puis il a dit.
— Vous avez dit *aimer*. Et vous avez raison. Il n'y a rien d'autre. Rien. D'autre. Réalisez-vous ce que vous venez de faire?

J'ai voulu répondre Non, je ne le réalise pas. Mais je me suis arrêté à temps. Je crois que, cette fois-ci, sa colère aurait été monstrueuse. J'ai compris. J'ai soudain compris que oui. Je savais parfaitement ce que je venais de faire. Ce que je venais de comprendre.

Dans la chambre, un temps interminable s'écoule.
Lui, en moins qu'un murmure.
— Tu sais ce que c'était?

Elle, en moins qu'un murmure.

— Que ? Que tu es ? Toi aussi ? Un ? Magicien ?

Un temps interminable s'écoule, dans la chambre.
Puis, le jeune magicien dépose un baiser très doux
sur la joue de la femme qu'il aime.

Dans la chambre, longtemps après, le jeune homme
retire son bras de sur la poitrine de sa belle amante.
Il sait qu'elle va bouger. Aussitôt le bras retiré, elle
s'assied dans le lit. Elle est incapable de le regarder,
lui, couché juste là, à ses côtés. Elle a le souffle un peu
court. Le front soucieux.

Lui ? Lui, il attend.

Bien plus tard, la main de la jeune femme, comme
la main d'une aveugle, recherche son visage à lui, dans
le noir. Le trouve. S'y dépose. Tendrement. Le caresse.
Lentement. Elle le lit des doigts.

Elle finit par dire.

— C'est insensé. Mais je sais. Que tu dis vrai. Et que
je l'ai toujours su.

La main de la jeune femme passe devant les lèvres
du garçon. Qui, sans bouger, dépose un baiser dans
la paume.

Elle finit par ajouter.

— Et maintenant, je sais que non, je n'ai pas peur.
Non. En fait. Je suis. Je suis terrifiée.

L'instant d'après, elle pousse un petit soupir de
saisissement. De vertige. Un couinement.

Les deux enfants amoureux sont debout au milieu
d'un pont de pierre, côte à côte. Tout contre le parapet,
sous un grand arc de pierre. Sous leurs pieds nus, la
pierre est fraîche. En contrebas, sous les arches du
pont, coule une rivière en crue, épaisse de boue. Tout
près d'eux, dans les échoppes qui occupent les deux

côtés du pont, quelques rires, des chants, au loin. Le vent est doux et frais. La Lune, presque pleine.

La jeune femme ferme aussitôt les yeux. Serre très fort les paupières. Et croise les bras sur sa poitrine nue. Elle sent le bras du garçon, qui passe derrière son dos. Puis qui l'étreint, qui la serre contre son corps à lui. Elle tente de respirer doucement.

Elle demande, en un souffle léger.

— Où sommes-nous?

Lui. Ouvre les yeux, Catherine.

Elle fait signe qu'elle ne peut pas.

Elle frissonne, mais ce n'est pas à cause de la fraîcheur de l'air.

Le garçon se place derrière elle, colle son ventre nu tout contre le dos de la femme qu'il aime. Pose son menton à lui sur son épaule à elle.

Il lui souffle à l'oreille.

— Tu sais. J'ai toujours rêvé. Un jour. Ou une nuit. Avec dans mes bras la femme que j'aimerais plus que tout au monde. De regarder couler l'Arno.

Elle déglutit péniblement.

— L'Arno?

— C'est un fleuve. Qui traverse une ville ancienne.

Elle meurt d'envie de se laisser couler entre les bras du garçon mais, malgré elle, son corps résiste en grelottant un peu.

Elle. Quelle, ville ancienne?

Lui. Florence.

La jeune femme rouvre aussitôt les yeux. Regarde la rambarde de pierre, juste devant elle. Puis la lanterne à la flamme tremblotante, suspendue au-dessus d'eux. Regarde la berge. Regarde l'autre berge. Son vertige est tel que son corps en cesse de grelotter. La jeune femme boit des yeux ce qu'elle peut apercevoir des berges. Des flambeaux. Les silhouettes sombres de grands bâtiments. Les odeurs, fortes. Un vacarme de claquements approche. S'approche d'eux. La jeune femme a peur. Elle veut se recroqueviller. Mais le garçon qui l'aime la serre plus fort encore contre lui, en faisant tendrement.

— Chuut, détends-toi. Tu n'as rien à craindre.

Juste derrière eux, le vacarme passe. Le galop d'un trio de cavaliers. Qui ne ralentissent même pas. Ils sont jeunes. Ils sont ivres. Ils rient à gorge déployée. Un seul d'entre eux aperçoit le couple, contre le garde-fou. Et lance dans le vent, à l'adresse de l'univers entier, une longue tirade. La jeune femme n'en comprend qu'un seul mot. *Amorose :* les amoureux. C'est de l'italien. Elle referme les yeux.

Quelque chose de doux, de chaud, se dépose sur ses épaules, puis l'enveloppe. Son amant vient de l'abriller dans une grande couverture moelleuse. Elle rouvre les yeux.

Il redit.

— Tu n'as rien à craindre.

Elle regarde le fleuve. Les palais. Les flammes des flambeaux, qui se couchent sous la brise.

Elle dit. J'ai tout, à craindre.

— Pourquoi ?

— Parce que je te connais. Parce que je t'aime. Et parce que je sais que tu ne m'imposerais pas de vivre un choc pareil si tu n'y étais pas forcé. Alors je sais, je sens. Que tu as quelque chose de terrifiant, de mortellement douloureux, à m'apprendre. Et que c'est pour ça que tu m'as amenée ici avec toi.

Ils ne se regardent pas, tous les deux. Mais ensemble, ils regardent la ville. Qui dort, qui boit, qui se bat, qui chante. Qui vit.

La jeune femme sait qu'il pleure, tout doucement. Elle entend son souffle un peu saccadé, tout contre son oreille. Il finit par dire.

— Tu as raison. Mon bel amour.

Ils contemplent le joyau qu'est cette ville.

— Je vais partir. Il y a une guerre. Une guerre terrible. Une guerre qui doit absolument finir enfin. Et chacun d'entre nous doit faire sa part. Le vieil homme. Le vieil homme m'a dit. J'ai été très longtemps, auprès de lui. Très. Et puis, quand je suis revenu, juste avant, il m'a dit. Ce jour-là, dans le parc, quand vous m'avez dit que votre mot à vous était *aimer*, j'ai eu mal. Chaque magicien, chaque magicienne du monde est possédé par une magie qui lui est propre. Et la vôtre.

La jeune femme l'interrompt, elle fait.

— Shhhhhhhhh. Je sais. La tienne. C'est la tendresse.

Une nuit de quasi-pleine lune de 1429, quelques jours à peine après les pluies torrentielles de ce début d'été là, sur le Ponte Vecchio, un jeune couple d'amants pleure.

Ils pleurent comme on dit que pleurent les héros tragiques. Ils pleurent comme pleurent ceux qui réalisent la grandeur de la vie, sa splendeur. Mais aussi sa cruauté. Toutes les trois, inséparables.

La nuit du mercredi 27 juin 1429, dans Florence épuisée par sa lutte contre les crues, sur le Ponte Vecchio, deux amants pleurent. Et s'aiment. En pleurant. Sous les étoiles. Lorsque leur grand hurlement d'amour traverse la nuit, le jeune amant voit. Enfin. Entièrement. Ce que la vie exige de lui. Et son hurlement de joie ne serait pas plus douloureux si, à mains nues, un monstre lui arrachait le cœur.

Dans sa chambre, la jeune femme pousse un cri de jouissance et d'angoisse en s'asseyant dans son lit.

Elle se tourne aussitôt et regarde partout, autour d'elle, sur le lit. Son amant, son amant n'y est pas. N'y est plus.

Elle est couverte de sueur. Elle le sent encore, son amant, en elle. Elle sent encore ses mains, partout sur elle. Elle sent encore la peau, les formes de son amant, partout contre son corps, et dans ses paumes.

Elle passe un doigt sur son épaule. Les larmes de son amant n'ont pas eu le temps de sécher. La jeune femme porte le bout de ses doigts à ses lèvres, et goûte les larmes de son amant.

Sa respiration se calme.
Elle se lève.
Titube.
Doit se retenir au mur.

Elle avance dans l'appartement obscur. Appelle.
— Éric? Éric?

Dans la lumière de la veilleuse de la cuisine, la jeune femme aperçoit, posée sur la table, un feuillet blanc. Elle s'approche. Cette feuille-là, posée à la place où, chaque matin, elle prend son petit déjeuner, n'était pas là tout à l'heure, elle en est certaine. La dernière fois qu'elle est venue dans la cuisine, elle a posé sur la table la grande boîte à pizza. Et à présent, il y a là une feuille de papier. Vierge.

La jeune femme refait le tour de l'appartement. Cherche partout son amant.
Les vêtements du garçon sont là, sur le sol, près du lit. La grande boîte à pizza aussi.
L'odeur du garçon, partout dans les draps.

La jeune femme s'appuie à nouveau au mur et secoue la tête. Elle n'a pas encore mal. Mais elle sait que la douleur va venir. Et qu'elle sera monstrueuse.

La jeune femme murmure un prénom, comme une prière.

La jeune femme est revenue à la cuisine. Boit un verre d'eau.
Allume le plafonnier.
S'installe à la table.
Et regarde le feuillet.
Ses doigts s'en approchent. Le retournent.

Dans la chambre, le réveil indique.
2h21.

OUVRAGE RÉALISÉ PAR
LUC JACQUES, TYPOGRAPHE
ACHEVÉ D'IMPRIMER
EN AOÛT 2013
SUR LES PRESSES
DE MARQUIS IMPRIMEUR
POUR LE COMPTE DE
LEMÉAC ÉDITEUR, MONTRÉAL

DÉPÔT LÉGAL
1ʳᵉ ÉDITION : 3ᵉ TRIMESTRE 2013
(ÉD. 01 / IMP. 01)